KB075686

공부만
한다고
돈이
나올까?

물음표로
따라가는
인문고전

4

허생전

공부만
한다고
돈이
나올까?

글 **고영** | 그림 **정은희**

지학사아르볼

조선의 지식인은
어떤 세상을 꿈꿨을까?

　　연암 박지원(1737~1805년)은 어떻게 하면 세상을 바꿀 수 있을
지 고민했던 조선의 학자입니다. 1780년 청나라를 여행한 박지원
은 여행길에 보고 듣고 느낀 바를 정리해 《열하일기(熱河日記)》에 담
았습니다. 일종의 여행기인 《열하일기》에는 일정에 따른 그날그날
의 일기는 말할 나위도 없고 조선을 둘러싼 국제 문제, 조선과 중
국을 비롯한 이웃 나라의 관계, 조선이 참고할 만한 해외의 문물과
제도, 학술과 사상, 청나라 지식인과 나눈 대화, 그리고 이에 대한
박지원 자신의 견해와 주장이 낱낱이 쓰여 있지요.

　　《열하일기》에는 소설에 가까운 흥미로운 이야기도 많이 실려 있습니다. 가령 박지원 일행은 열하(러허. 중국 허베이성 북부 러허강 연안의 도시인 '청더'의 옛 이름)에서 북경으로 돌아오던 길에 옥갑이란 곳에서 하룻밤 묵었는데요, 이곳에서 하룻밤 사이에 재미난 이야기를 나누게 되었지요. 이때 나눈 이야기는 《열하일기》 가운데서도 《옥갑야화(玉匣夜話)》에 수록되었습니다.

《옥갑야화》에 실린 여러 이야기 가운데 가장 유명한 것이 바로 허생에 관한 이야기예요. 원래 따로 제목이 없었지만, 허생 이야기만으로도 워낙 짜임새가 탄탄해 후세 사람들이 '허생전'이라는 제목을 붙였지요. 그리하여 《허생전》을 한 편의 독립된 작품으로 읽게 된 것입니다.

《옥갑야화》는 조선 사람과 중국 사람 사이의 무역 이야기에서 시작해, 허생의 이야기에서 절정을 이루고, 허생 이야기의 후일담으로 마무리됩니다. 그 가운데서 주제는 허생의 이야기에 모여 있어요. 특히 허생 이야기의 마지막 부분은 이야기의 절정으로서 독자의 마음을 사로잡습니다.

허생의 이야기에는 부자 역관 변 씨가 등장합니다. 변 씨는 역관으로서 장사를 해 많은 돈을 벌었던 조선 후기 중인 계층을 대표하지요. 그가 허생을 마음으로 받아들이고 후원해 준 덕분에 허생은 이 세상과 백성을 구제하려는 이상을 실제로 시험해 볼 수 있었어요.

그런가 하면 허생은 비판적인 지식인의 전형입니다. 그의 발걸음이 닿는 곳마다 조선이 풀어야 할 숙제가 드러납니다. 허생은 지식인이 할 수 있는 일을 하는 데까지 한 뒤, 다시 변 씨의 소개로 임금의 두터운 신임을 받고 있는 권력자 이완을 만납니다. 허생이 이완에게 조선의 문제들을 뿌리 뽑기 위해 시급히 해야 할 일을 열렬히 설명하는 대목에서 《옥갑야화》는 절정에 달합니다.

권력을 쥔 높은 벼슬아치인 이완은 허생의 말에 어떤 반응을 보였을까요? 허생이 이완을 만나기까지 과연 허생은 팔도를 돌아다니며 무슨 일을 겪었고, 어떤 말과 행동을 통해 세상을 다스리고 나라를 구하려는 뜻을 시험해 보았을까요?

처음 본 사람에게서 단박에 돈 만 냥을 꾸고, 시장에서 과일을 한꺼번에 사들이고 되팔아 부를 이루고, 조선 땅도 아니고 일본 땅도 아닌 바다 건너 무인도에 새로운 세상을 세우고, 임금의 신임을 받는 벼슬아치를 통쾌하게 꾸짖는 장면 너머의 주제는 몇 마디 말로 설명할 수 있는 것이 아닙니다. 먼저 독자가 작품 속으로 들어가, 등장인물의 말과 행동, 벌어지는 일과 분위기를 느껴야 합니다. 독자가 긴장과 흥미와 감동을 느끼는 만큼 주제는 점점 독자 앞에 제 모습을 드러내게 마련입니다. 그렇게 작품을 직접 읽고 느낀 뒤에야 과연 조선의 지식인이 무엇을 꿈꾸었는지 그 윤곽이 잡히겠지요.

그러면 이제 1780년 어느 날, 머나먼 남의 땅 어느 곳에 함께 모인 조선 사람들이 나눈 이야기 속으로 들어가 볼까요?

● **고영**

Part 1 | 고전 소설 속으로

고전을 아름다운 그림과 함께 담아냈습니다. 원전에 충실하면서도 어려운 단어를 최대한 줄이고 쉽게 풀이하여, 재미난 이야기를 마주하듯 술술 읽을 수 있도록 했습니다.

Part 2 | 물음표로 따라가는 인문학 교실

고전은 오늘의 우리를 비추는 거울이며, '인문학'을 담고 있는 그릇입니다. 이 책은 고전의 재미를 더하고, 우리 고전을 인문학적인 관점에서 바라볼 수 있도록 구성되었습니다.

● 고전으로 인문학 하기

고전 소설을 읽고 나면 머릿속에는 여러 질문들이 떠올라요. 물음표에 대한 답을 따라가 보세요. 배경지식이 쑥쑥 늘어날 거예요.

● 고전으로 토론하기

고전의 내용에 기반한 가상 대화가 이어집니다. '고전으로 토론하기'를 통해 다르게 생각하는 힘을 길러 보세요.

● 고전과 함께 읽기

함께 읽으면 더욱 좋은 문학, 영화, 드라마 등을 소개합니다. 비슷한 주제가 다른 작품에서는 어떻게 표현되었는지 살펴보고 생각의 폭을 넓히세요.

차례

Part 1 | 고전 소설 속으로

Part 2 | 물음표로 따라가는 인문학 교실

허
생
전

고전 소설 속으로

우리 고전 소설의
재미와 감동을
오롯이 느껴 봅시다.

허생전에
들어가기 전 이야기

옥갑*에 돌아와서 비장들과 함께 밤이 이슥하도록 이야기를 나누었다. 비장은 감사*나 사신을 따라다니며 일을 돕던 무관 수행원이다. 하룻밤 사이에 나눈 이야기는 다음과 같다.

옛날에는 연경*의 풍속이 순박했다. 조선 역관*이 부탁하면 연경 사람들은 꽤 많은 돈이라도 빌려주곤 했다. 그런데 지금은 연경 사람들이 조선 사람 속이기를 능사로 삼는다. 여기에 대한 잘못은 조선 사람들에게 있다.

지금으로부터 서른 해 전의 일이다. 한 조선 역관이 아무것도 가진 것 없이 연경에 다녀오면서, 단골로 머물던 집주인을 보고는 엉엉 울었다. 주인이 이상하다고 여겨 우는 까닭을 물었더니 역관이 대답했다.

"압록강을 건널 때 몰래 남의 은(銀)을 가지고 왔다가 밀수를 하던 게 발각되어, 제가 장사하려고 마련한 물건까지 몽땅 관청에 빼앗겼습니다. 이제 빈손으로 돌아가면 살길이 막막합니다."

* 작가 박지원은 청나라로 여행을 떠났을 때, 옥갑이라는 여관에서 묵었다. 이곳에서 박지원이 비장들과 나눈 이야기를 담은 《옥갑야화》에 《허생전》이 들어 있다.
* **감사** 관찰사. 조선 시대에 도를 다스리는 으뜸 벼슬.
* **연경** 중국 북경의 옛 이름.
* **역관** 통역을 맡아보는 관리.

역관은 칼을 뽑아 스스로 목숨을 끊으려 했다. 주인이 깜짝 놀라 급히 역관을 껴안고 칼을 빼앗았다.

"은을 얼마나 잃었기에!"

"3천 냥입니다."

주인이 역관을 위로하였다.

"대장부가 제 몸 함부로 하는 것을 잘못으로 알아야지, 어찌 은만 생각한단 말인가. 지금 이렇게 목숨을 끊으면 집에 남은 처자식은 어쩌라고. 내가 만금을 꿔 줄 테니 다섯 해 동안 돈을 늘려 보게. 그러면 본전은 남겠지. 그때 가서 빌린 만큼만 갚게."

역관은 이렇게 꾼 돈으로 물건을 마련해 조선으로 돌아왔다. 그때는 이런 사연을 아는 사람이 없었으므로 모두 역관의 재주를 신기하게 여겼다. 역관은 과연 다섯 해 만에 큰 부자가 되었다. 그 뒤로는 역관을 관리하는 관청인 사역원의 명부에서 자기의 이름을 지워 버리고 다시는 연경에 들어가지 않았다.

그 뒤 몇 해 지나 역관의 친구가 연경에 들어가게 되자 그는 친구에게 가마히 부탁했다.

"연경에서 만일 아무개를 만나면 내 안부를 물을 텐데, 그러면 우리 집안이 몹쓸 역병*을 만나 몰살했다고 말해 주게."

너무나 허황한 말을 하라는 말에 친구가 주저하는 빛을 보이자, 역관은 자기가 부탁한 대로만 하면 돈 백 냥을 주겠다고 약속했다.

역관은 빌린 돈을 갚을 생각이 전혀 없었던 것이다.

연경에 들른 친구는 과연 그 주인을 만날 수 있었다. 주인이 역관의 안부를 묻자, 친구의 부탁대로 대답했더니 주인은 두 손으로 얼굴을 가리고 한바탕 슬피 울었다.

"아아, 하느님 맙소사. 그런 착한 사람 집에 이런 참혹한 재앙이라니요!"

주인은 그의 친구에게 돈 백 냥을 건네며 부탁했다.

"모두 죽었다니 제사 지낼 사람도 없겠군요. 나를 위로하는 셈치고 조선에 돌아가자마자 오십 냥으로 제물을 갖추어 제사를 올려 주시오. 그리고 난 뒤 나머지 오십 냥으로는 그의 명복을 빌어 주시오."

그 친구는 주인의 뜻밖의 행동에 놀랐으나 이미 해 놓은 거짓말이 있는지라 어쩔 수 없이 백 냥을 받아 돌아왔다.

그러고는 역관의 집을 찾아갔더니, 놀랍게도 정말 그 집안은 역병을 만나 몰사해 살아남은 사람이 아무도 없었다. 역관의 친구는 놀라운 마음과 두려운 마음이 동시에 들었다. 그래서 연경의 주인이 당부한 대로 백 냥을 다 써서 제사를 지냈다. 그리고 다시는 연경에 발걸음을 하지 않기로 다짐했다.

---

* **역병** 세균, 바이러스 등으로 인해 집단으로 발병하는 급성 유행병.

"내 무슨 낯으로 연경의 그 사람을 다시 만날 수 있겠는가."

그는 한숨을 쉬며 이렇게 말했다.

이야기 둘

또 이런 이야기도 나왔다.

어떤 사람이 이야기했다. 역관 이추는 유명한 역관이었으나 평소 돈 이야기를 한 적이 없었다. 40년이 넘도록 연경에 드나들었지만, 손에 은을 잡아 본 적도 없었다. 이추에게는 번듯한 군자의 분위기가 풍겼다고 한다.

이야기 셋

또 이런 이야기도 나왔다.

홍순언은 명나라 황제 신종이 그 나라를 다스리던 때(재위

1572~1620년)의 유명한 역관이다.

　홍순언이 명나라에 갔다가 기생집에 들르게 되었다. 기생은 외모에 따라 치르는 돈이 달랐다. 그런데 그 집에 하룻밤에 놀을 천 냥이나 요구하는 기생이 있었다. 홍순언은 망설임 없이 천 냥을 냈

다. 그리고 나서 여인을 보니, 여인의 나이는 이제 열여섯이었으며 정말 아름다웠다.

홍순언을 마주한 기생은 눈물을 흘리며 자신의 처지를 털어놓았다.

"이렇듯 큰돈을 내놓으라고 한 까닭이 있습니다. 세상의 사내들이란 인색할 테니, 제게 이런 돈을 내겠다는 자가 없을 것이라고 생각해 단 하루 이틀이라도 모욕을 면하려 했던 것입니다. 그렇게 기생집 주인을 속이는 한편, 의협심 있는 사내가 나타나 기생집에 돈을 치르고 저를 빼내 주기를 바랐습니다.

여기 온 지 닷새입니다. 그동안 천 냥을 내겠다는 사내가 없었습니다. 오늘 다행히 의협심 있는 분을 만났지만, 공이 외국인이라 저를 데려가지는 못하실 테지요. 한번 몸을 더럽히면 다시 씻어 내기 어렵겠지요."

홍순언은 그녀가 불쌍하다는 생각이 들어, 어떤 사연이 있는지를 물었다.

"저는 남경 호부 시랑* 아무개

* 호부는 나라의 재정을 담당하던 부서로, 토지와 집과 사람의 수를 파악하고 관리하였다. 시랑은 차관에 해당하는 벼슬이었다.

의 딸입니다. 어떤 일로 집안의 재산이 나라에 몰수되었습니다. 저는 기생집에 몸을 팔아 아버지의 잘못을 속죄하기로 하였습니다."

홍순언이 깜짝 놀랐다.

"그런 줄 몰랐다. 오늘 당장 너를 빼내 주마. 몸값이 얼마지?"

"2천 냥입니다."

홍순언이 몸값을 치르고 작별하니 여인은 그를 아버지나 다름없는 은혜로운 분이라 부르며 수없이 절을 했다. 기생집을 나선 뒤 홍순언은 이때의 일을 다 잊어버렸다.

시간이 지나 홍순언은 또 중국에 들어가게 되었는데, 가는 곳마다 사람들이 "홍순언이란 사람이 왔소?" 하고 물었다. 홍순언은 그저 이상하게만 여겼다.

그런데 연경 가까이에 이르자, 길에다가 성대한 장막을 치고 홍순언을 맞이하는 사람이 있었다. 누군가 홍순언을 찾는 사람이 있다고 하면서 그를 집으로 이끌었다.

그곳은 명나라 병부의 우두머리 병부 상서* 석성의 집이었다.

석성은 홍순언을 맞이해 절하며 그를 은혜로 맺은 장인으로 대우해 주었다.

"따님이 장인을 오랫동안 기다렸습니다."

* 병부란 오늘로 치면 국방부를 말하며 병부 상서는 국방부 장관인 셈이다.

석성이 곧바로 홍순원을 내실로 안내했다. 그곳에서 석성의 부인이 화려하게 차려입고 뜰아래에서 절을 하였다. 홍순언이 영문을 알지 못해 어쩔 줄을 몰라 하는데, 석성이 웃으며 말했다.

"장인께서 벌써 따님을 잊으셨나 봅니다."

홍순언은 그제야 비로소 석성의 부인이 지난날 기생집에서 구해 주었던 여인이라는 사실을 깨닫게 되었다.

여인은 기생집에서 나온 뒤로 석성의 후처가 되었던 것이다. 여인은 전보다 신분이 더 높아졌으나 손수 비단을 짜고, 거기에 은혜를 갚는다는 뜻의 '보은(報恩)' 두 글자를 수놓았다고 한다. 홍순언이 조선으로 돌아갈 때, 석성과 부인은 '보은'이 수놓인 비단뿐 아니라, 다른 비단과 금은을 수없이 싸 주며 배웅했다고 한다.

임진왜란이 일어난 것은 그 뒤의 일이다. 석성은 당시 병부에 있으면서 조선에 구원병을 보내야 한다고 힘써 주장했다. 이는 석성이 조선 사람을 의롭다고 여겼기 때문이었다.

또 이런 이야기도 나왔다.

조선 장사치들의 제일 친한 단골 주인 정세태는 연경의 갑부였다. 그런데 정세태가 죽자, 그 집은 다시 일어날 수 없을 만큼 쫄딱 망했다. 정세태는 손자가 하나밖에 없었는데, 정말 잘생겼지만 어려서 놀이 패에 몸을 팔아야 했다.

한편 정세태가 살아 있을 때 그 집에서 회계를 보던 임가는 엄청난 부자가 되었다. 하루는 놀이판에서 웬 미남이 연기하는 모습을 보고 애처로운 생각이 들어, 지금 저렇게 노는 광대가 누구인지를 물었다. 그런데 바로 그가 정세태의 손자가 아닌가. 이 사실을 알게 된 임가는 정세태의 손자를 껴안아 울고는, 돈을 내 그를 놀이 패에서 빼냈다. 그러고는 집으로 돌아와 사람들에게 단단히 일렀다.

"우리 집의 옛 주인이시다. 광대 노릇 했었다고 함부로 대하지 말라!"

정세태의 손자가 어른이 되자, 임가는 재산의 반을 갈라 나누어 주었다. 정세태의 손자는 살지고 허옇고 잘나 보이는 인물이었다. 아무튼 하는 일 없이 그저 연이나 날리며 성안에서 놀며 지냈다고 한다.

옛날 이곳에서 물건을 사고팔 때는 포장을 풀어 검사하지 않았다. 연경에서 포장한 짐짝을 그대로 가지고 와서 장부와 대조해도 조금도 잘못된 데가 없었다. 그러다 한번은 흰 모자를 만들 천이 와야 하는데, 끌러 보니 흰 모자가 온 적이 있었다. 고의는 아니었다고 한다. 다만 장사하는 이는 짐을 풀어서 미처 확인해 보지 못한 점을 후회하였다고 한다.

그런데 때가 마침 정축년(1757년)이었다. 이해 2월에 영조 임금의 비 정성 왕후가 돌아가시고, 또 3월에는 숙종의 계비(임금이 다시 장가를 가서 맞은 아내) 인원 왕후가 돌아가셨다. 나라가 상을 당했으니 이때 쓸 흰 모자가 필요한지라, 장사꾼은 잘못 온 물건을 가지고 도리어 배가 넘는 이익을 남겼다고 한다.

그러나 요즘은 세상일이 옛날과 달라서, 물건의 주인이 포장을 직접 맡는다. 포장을 다른 데 맡기는 법이 없다고 한다.

또 이런 이야기도 나왔다.

부자 변승업이 큰 병에 걸렸다. 변승업은 자신이 그동안 돈놀이를 해서 이룬 돈이 모두 얼마인지 알고 싶어졌다. 회계 장부를 다 열어서 일일이 따져 보니 총 50만 냥이 장부에 적혀 있었다.

변승업의 아들은 시일을 오래 끌면 꾸어 준 돈을 돌려받기도 귀찮고, 실제로 받을 수 있는 돈이 줄어들 테니 즉시 이 돈을 거두어들이자고 했다. 그러나 변승업은 아들을 말렸다.

"이 돈은 한양 사는 사람 1만 명의 목숨 줄이다. 어찌 하루아침에 그럴 수 있느냐?"

변승업은 늙어서 자손들에게 이렇게 경계했다.

"나는 권세 있는 벼슬아치들을 많이 섬겼다. 그런데 나라의 여론을 장악하고서 제 집안의 이익을 꾀한 집치고 삼대를 간 집을 보지 못했다. 지금 돈 좀 만지는 사람들은 우리 집에 드나드느냐 마느냐를 가지고 높은 위치에 있는지 아닌지를 가른다고 한다. 재물을 흩어 버리지 않으면 재앙이 미칠 것이다."

변승업의 자손이 대체로 가난하게 살았던 까닭은, 그가 늙어서 재물을 많이 흩어 버렸기 때문이다.

나도 이야기를 하였다.

나는 일찍이 윤영이라는 사람으로부터 변승업의 부에 관한 이야기를 들었다.

그가 부를 이루게 된 데는 유래가 있었다. 변승업의 할아버지는 처음에 재산이 몇 만 냥에 지나지 않았다. 그러다 일찍이 허씨 성을 지닌 선비로부터 은 십만 냥을 얻어, 드디어 우리나라에서 으뜸가는 부자가 되었다.

변승업 대에 이르러서 재산이 더 줄어든 셈이다. 처음 변씨네에 재산이 불어날 때에는 운수가 좋았던 듯하다. 허생의 이야기를 들으면 참말로 신기하다. 허생은 끝내 자신의 이름을 말하지 않았다.

윤영으로부터 들은 이야기는 이렇다.

허생전

남산골 살던 **선비**가
집을 떠나다

　한양은 북악산, 인왕산, 남산으로 더 많이 불리는 목멱산, 낙산으로 더 많이 불리는 타락산이 감싸고 있는 오래되고 큰 도시이다. 이곳은 옛날 고려 시대에 수도 개경에 버금가는 도시로 여겨 남경이라는 이름으로 불렸고, 조선이 열리자 새 도읍이 되었다.

　한양에는 왕을 비롯한 왕실 사람들, 양반과 벼슬아치, 전문적인 구실아치*, 여기 딸린 노비, 한양 사람들이 쓸 물건을 유통하는 온갖 장사꾼, 일용할 물건을 만드는 장인바치, 도성을 유지하는 데 꼭 필요한 온갖 기술을 가진 기술자, 이를 받치는 별별 인력이 다

---

* **구실아치** 조선 시대에, 각 관아의 벼슬아치 밑에서 일을 보던 사람.

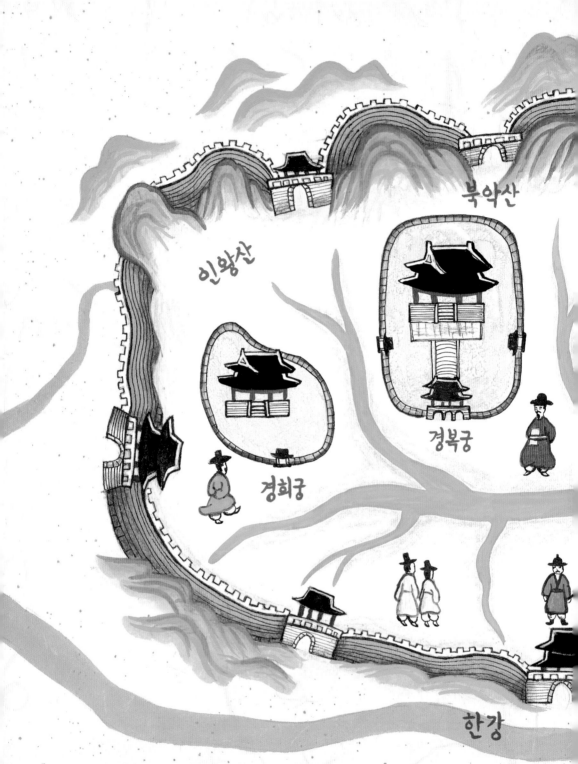

북한산

창덕궁

창경궁

종로

종묘

타락산
(낙산)

목멱산
(남산)

모여 살았다. 그에 따라 이 동네 저 동네의 사는 모습들이 조금씩 달랐다.

그전에는 운종가*로 불리던 종로 북쪽 경복궁과 종묘, 창덕궁 사이를 한양 사람들은 흔히 북촌이라 했으며 이곳에는 권세 있는 사람, 높은 벼슬아치가 몰려 살았다.

한편 도성에서도 남쪽, 남산 기슭은 한양의 중심가와 거리가 있었던 탓인지, 몰락한 양반이나 양반 중에서도 상대적으로 신분과 지위가 낮은 사람들이 모여 살았다. 이곳은 도성에서도 남쪽에 치우쳐 있었으므로 남촌이라 불렸다.

허생은 남촌에서도 묵적동에 살았다.* 도성에서 곧장 남산 밑으로 가면 우물이 하나 있고, 그 우물가에 살구나무 한 그루가 서 있었다. 여기가 바로 허생의 집이다.

* **운종가** 조선 시대 한양 도성에 있었던 거리. 지금의 종로 네거리를 중심으로 한 곳. 6개의 큰 시전 (상설 시장)인 육의전이 있었다.
* 묵적동은 오늘날의 서울로 치면 중구 필동 일대이다.

허생의 집 사립문은 늘 살구나무 쪽을 향해 열려 있었다. 집이라 해 봐야 두어 칸 되는 초가집으로 비바람이나 간신히 막는 오막살이였다. 그러나 허생은 언제나 글 읽기만을 좋아했고, 그의 아내가 삯바느질을 해서 겨우 입에 풀칠을 했다.

　　어느 날 허생의 아내가 굶주리다 못해, 울음까지 섞인 목소리로 말했다.
　　"당신은 일평생 과거를 볼 것도 아니면서 어쩌자고 글만 읽는단 말입니까?"
　　허생은 웃으며 대답했다.
　　"내 독서가 아직 부족해요."
　　"그럼 장인바치 노릇도 못 한단 말입니까?"
　　"장인바치 일이야 배운 적이 없으니 어쩌겠소?"
　　"그럼 장사는 못 한단 말입니까?"
　　"장사를 하려 해도 밑천이 없으니 어쩌겠소?"
　　허생의 아내는 성을 내며 악다구니를 썼다.
　　"밤낮없이 글을 읽더니, 이제 기껏 '어쩌겠소.' 하는 소리만 배웠소? 장인바치 노릇도 못 하겠다, 장사도 못 하겠다고? 그래, 그럼 도둑질은 못 하오?"
　　허생은 이 말에 책장을 딱 덮었다. 그러고는 일어나 탄식했다.

"아깝다. 내가 10년을 작정하고 글을 읽기로 했건만, 이제 겨우 7년인데."

그길로 허생은 휙 집을 나섰다. 그러나 거리에 허생이 알 만한 사람이라곤 아무도 없었다.

●

변 씨가 담담한 목소리로 대답했다.

"그 사람이 해 보려는 일이 작은 일은 아닐 것이다.

나 또한 그를 시험해 보고 싶구나."

●

한양에서 누가 제일 부자요?

허생은 바로 운종가로 가 저잣거리에 있는 사람을 아무나 붙들고 물었다.

"한양에서 누가 제일 부자요?"

"부자 변 씨를 모르오?"

때마침 대꾸해 주는 사람이 있었다.

허생은 바로 변 씨의 집을 찾아갔다. 허생이 변 씨에게 예를 갖추어 공손히 인사하고 말했다.

"내가 집이 가난한 사람이오만, 무얼 좀 해 보려 하오. 만 냥만 꾸어 주오."

변 씨는 단박에 대답했다.

"그럽시다."

변 씨가 바로 만 냥을 내주었고, 허생은 고맙다는 인사도 없이 돈만 챙겨 방을 나갔다.

마침 그 자리에는 변 씨네 아들과 한집안 젊은이들, 그리고 수시로 이 집에 드나드는 손님들도 함께 있었다. 이들이 보기에 허생은 한마디로 비렁뱅이*였다.

실띠를 둘렀으나 술이 빠져 너덜너덜하고, 신을 신었으나 신이라고는 뒤축이 자빠져 있고, 갓은 찌그러진 채였으며 도포는 꼬질꼬질했다. 그런 주제에 허생은 맑은 콧물까지 훌쩍이며 변 씨와 말을 나누었다. 허생이 나간 뒤에 함께 있던 사람들이 깜짝 놀라서 물었다.

"아버지, 저 사람을 아십니까?"

"어르신, 저 사람이 누굽니까?"

변 씨가 심드렁히 말했다.

"몰라."

사람들은 더욱 놀랐다.

"오늘 하루아침에, 이제껏 한 번도 본 적 없는, 누군지도 알 수 없는 사람에게 이름도 성도 묻지 않고, 만 냥을 그냥 내던지듯 주

---

* **비렁뱅이** 거지를 얕잡아 이르는 말.

시다니요! 왜 그러셨습니까?"

변 씨가 담담한 목소리로 대답했다.

"이건 너희들이 알 바 아니야. 대체로 남에게서 무언가를 얻어 가려는 사람은 반드시 자신의 계획과 결심을 크게 부풀리지. 무엇보다 먼저 자신이 믿을 만한 사람임을 과장해서 내세우려 하지. 그러면서도 얼굴에는 비굴한 낯빛이 가득하며 한 말을 되풀이하게 마련이다.

그런데 저 사람은 차림새는 초라하지만 말은 간결하고 눈빛은 당당하고 얼굴에는 부끄러운 빛이 없으니, 재물 없이도 스스로 넉넉한 마음가짐을 품을 만한 사람이란 말이지. 그 사람이 해 보려는 일이 작은 일은 아닐 것이다. 나 또한 그를 시험해 보고 싶구나. 안 주면 그만이지, 이왕 만 냥을 주면서 이름이며 성은 물어 무엇해!"

•

"덕이 있는 이에게는 절로 사람이 모여들게 마련이지.

덕이 없을까 걱정이지,

사람 없는 게 근심이 될까?"

•

안성_{에서} 생긴 일

허생은 돈 만 냥을 변 씨로부터 받자 집에 들르지도 않고 바로 길을 떠났다. 그러고는 경기와 충청도의 교차점이자, 충청도, 경상도, 전라도 삼남의 어귀인 안성으로 가서 거처를 정했다. 그런 다음 허생은 안성장의 흐름을 자세히 살피기 시작했다.

며칠이 지나 허생은 무릎을 쳤다.

"이거다!"

허생은 안성장에 과일이 들어올 때마다 대추, 밤, 감, 배, 밀감, 석류, 귤 등을 갑절의 돈을 내고라도 사들여 쌓아 두었다.

시장에 과일이 나는 대로, 보이는 대로 허생이 모조리 사들이니 나라의 과일 거래가 끊겨 제사도 못 지내고 잔치도 못 할 지경이

되었다.

　얼마 안 가 허생에게 갑절의 가격으로
과일을 팔던 상인들이 도리어 허생에게 몰
려왔다.

　"나한테 과일을 좀 파시오!"

　　"팔 때의 갑절을 치르더라도 상
　관없소!"

　　"내게도 파시오, 내게도!"

　　상인들은 열 갑절의 가

격으로 과일을 도로 사 갔다.

　허생이 한숨을 내뱉었다.

　"만 냥의 돈으로 나라의 경제력이 얼마나 보잘것없는지 알 수 있다니……."

　허생은 과일을 판 돈으로 칼, 호미, 베, 명주, 무명 따위 생활필수품을 사 모으더니만 제주로 들어갔다. 가서는 가지고 간 것을 팔아 돈을 마련하더니, 그 돈으로 제주에서 나는 말총(말의 갈기나 꼬리의 털)을 모조리 사들이기 시작했다.

허생은 혼자 쓸쓸히 중얼거렸다.

"몇 해만 지나면 온 나라 남자들이 맨머리로 다니겠구나."

허생의 말대로였다. 과연 얼마 되지 않아 망건값은 열 배나 뛰었다.

제주에서 다시 큰돈을 만진 허생은 나이 많은 뱃사공을 통해 바다 밖 사정을 알아보기 시작했다.

"바다 밖에 사람이 살 만한 무인도가 없을까?"

사공이 대답했다.

"있지요. 제가 전에 갑작스런 풍파에 떠밀려 서쪽으로 줄곧 사흘이나 흘러가다 무인도에 닿은 적이 있습니다. 아마 중국 사문과 일본 장기 사이였을 텐데……. 꽃과 나무는 제멋대로 무성하고, 열대 과일이 절로 여물어 있고, 고라니며 사슴 같은 큰 네발짐승도 떼 지어 다니고, 물고기는 사람의 기척을 느끼고도 별로 놀라지도 않습디다."

허생이 크게 기뻐하며 말했다.

"자네가 나를 그곳으로 데려다준다면 나와 함께 부귀를 누릴 수 있다네."

사공은 바로 허생을 무인도로 안내했다. 바람을 타고 동남쪽으로 가니 그 섬이 나왔다.

섬에 내린 허생은 높은 곳으로 올라가 사방을 바라보았다. 그러고는 조금 실망한 기색이 되었다.

"섬 둘레를 가늠하니 땅이 천 리도 안 되겠구나. 무슨 일을 해 볼 수 있겠는가. 그저 부잣집 늙은이 흉내나 내면 그만이겠군."

사공이 말을 받았다.

"텅 빈 섬에 사람이라곤 아무도 없는데, 대체 누구와 함께 산단 말입니까?"

허생이 담담히 대답했다.

"덕이 있는 이에게는 절로 사람이 모여들게 마련이지. 덕이 없을까 걱정이지, 사람 없는 게 근심이 될까?"

허생이 한숨을 내쉬었다.

"이제야 내가 자그마한 시험 하나를 마치는구나!"

그러고는 자신이 타고 나갈 배를 빼고는

섬에 있는 배를 모두 불태웠다.

도적 떼의
소굴로 가다

　그때는 변산에 수천 명의 도적이 떼를 지어 무리를 이루고 있을 때였다. 지역의 수령들이 저마다 군졸을 풀어 군도의 뒤를 쫓고, 어떻게든 잡아 보려고 했으나 잡을 수가 없었다. 그러나 도적 떼 또한 관아의 추적에 몰려 자신들의 근거지를 잠시나마 벗어나기도 어려웠다. 밖으로 나와 노략질을 하기조차 어려워진 도적 떼는 옴 짝달싹 못 하고 소굴에 들어앉아 굶주리는 처지가 되었다.

　허생은 도적 떼 소굴에 뛰어들었다. 도적의 우두머리를 설득하기 위해서였다. 허생이 먼저 말문을 열었다.

　"너희 천 명이 돈 천 냥을 훔쳤다고 치자. 그 돈 천 냥을 나누어 갖는다면 저마다 얼마나 가져갈 수 있을까?"

"한 사람 앞에 한 냥밖에 더 되오?"

"이 소굴에 있는 사내들, 저마다 배우자는 있는가?"

"없소."

"논밭은?"

우두머리는 물론 같이 있던 도적들이 웃음을 터뜨렸다.

"내 땅 있고, 처자식 있는 놈이 무엇 때문에 이토록 괴롭게 도적질을 한단 말이오!"

허생이 다시 낯빛을 고치고 물었다.

"정말 그렇다면 왜 아내를 얻고, 집을 짓고, 소를 사 밭을 가는 삶을 살기 위해 노력하지 않는가? 그렇게 살면 도적놈 소리도 듣지 않을 테고, 살림을 꾸리며 아내와 함께하는 즐거움도 있을 테고, 체포당할 걱정 없이 마음 놓고 어디든 평안하게 내 마음대로 돌아다닐 텐데! 길이 잘 먹고 잘 살 텐데!"

도적이 버럭 소리를 질렀다.

"어찌 그런 삶을 바라지 않겠소! 다만 돈이 없을 뿐이오!"

허생이 껄껄 웃었다.

"너희, 도적 아니냐! 도적이 무슨 돈 걱정이야! 내가 너희를 위해 돈을 구해 주지. 내일 바닷가로 나오라. 붉은 깃발을 단 배가 기다리고 있을 게야. 바람에 펄펄 날리는 붉은 깃발을 단 배가 돈을 가득 싣고 있단 말이야! 너희 마음대로 배에 실린 돈을 가져가라."

허생이 이렇게 도적 떼에게 약속을 하고 소굴을 떠나자 뒤에서 도적들이 비웃었다.

"원, 별 미친놈을 다 보겠네."

이튿날, 혹시나 하는 마음은 있어 도적 떼는 바다로 갔다.

그랬더니 과연 허생이 배를 대고 기다리고 있었다. 그 배에는 삼십만 냥의 돈이 실려 있었다.

도적 떼는 모두 깜짝 놀랐다. 누가 먼저라고 할 것도 없이 줄을 지어 허생에게 절을 올렸다. 그러고는 느닷없이 허생을 '장군'이라고 부르며 조아렸다.

"이제부터 오직 장군의 명을 따르겠습니다!"

허생이 명했다.

"저마다 힘닿는 대로 돈을 챙겨 보아라."

그러자 도적이 다투어 돈을 챙겼다. 짊어지면 더 많이 챙기겠거니 싶었는지 아예 돈을 짊어지기 시작했다. 그러나 한 사람이 백 냥도 채우지 못했다.

허생은 기가 막혔다.

"너희 힘으로 백 냥도 못 지면서 무슨 도둑질을 변변히 하겠느냐. 이제 양민이 되어 평범한 삶을 살아가려 해도 이미 관아의 범죄자 명단에 너희 이름이 올라가 있을 테니 갈 곳조차 없을 테지.

내가 여기서 너희를 기다리마. 어디든 가서 한 사람씩 아내 될 사람 하나, 논밭 갈 소 한 마리를 마련해 돌아오라.”

허생의 말에 모두 좋아라 하며 흩어졌다.

그런 뒤 허생은 다시 자신의 힘으로 이천 명이 일 년 동안 먹을 식량을 마련했다. 그리고 돌아오기로 한 사람들을 기다렸다. 그들은 모두 약속한 대로, 누구 한 사람 뒤처지지 않고 돌아왔다.

허생은 이들을 모두 배에 싣고 사공과 함께 찾아 두었던 무인도로 들어갔다. 이렇게 허생이 도적 떼를 모두 쓸어 가니 온 나라가 잠잠해졌다.

무인도로 들어간 이들은 섬의 나무를 베어 집을 짓고, 대를 엮어 울타리를 세웠다.

농사를 지어 보니 섬의 땅이 농사짓기에 꽤 괜찮았다. 그간 한 번도 농사를 지은 적 없는 땅임에 틀림없었다. 어떤 작물이든 다 잘 자라므로 땅을 묵힐 것도 없이, 힘들여 새로 땅을 일굴 것도 없이 줄기 하나에 이삭이 아홉씩 달렸다.

섬에 들어간 사람들은 이렇게 농사를 지어 3년 먹을 양식을 쌓아 두었다. 그리고 난 나머지는 모두 배에 싣고, 일본의 장기라는 곳에 가서 팔았다. 그곳에는 십만 호도 넘는 사람이 모여 살고 있

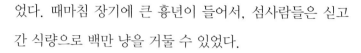

었다. 때마침 장기에 큰 흉년이 들어서, 섬사람들은 싣고 간 식량으로 백만 냥을 거둘 수 있었다.

허생이 한숨을 내쉬었다.

"이제야 내가 자그마한 시험 하나를 마치는구나!"

그러더니 허생이 함께 섬을 일군 남녀 이천 명을 불러 놓고 말했다.

"처음에 너희와 이 섬에 들어올 때 먼저 살림을 넉넉하게 해 모두 잘살게 한 뒤에, 따로 문자도 만들고, 옷이며 갓이며 복식도 새로 지으려 했다. 그러나 이 섬은 작은 섬이다. 나는 이제 이곳을 떠나련다. 어린아이가 태어나고 또 자라 숟가락을 잡을 만하거든 오른손으로 쥐도록 가르치고, 밥상에서는 하루라도

빨리 태어난 사람이 먼저 밥을 먹도록 사양하는 마음을 갖도록 가르치라."

그리고는 자신이 타고 나갈 배를 빼고는 섬에 있는 배를 모두 불태웠다.

"갈 사람이 없으면 올 사람도 없겠지."

돈 오십만 냥은 바닷속에 처넣었다.

"바다가 마르는 날이 오면 이 돈을 주워 갈 사람이 있겠지. 우리나라는 돈 백만 냥도 감당할 수 있는 나라가 아니다. 하물며 이런 작은 섬에서야!"

허생은 섬에 온 사람 가운데서 글을 아는 사람을 골라내 함께 뭍으로 나왔다.

"섬의 화근은 없애야지."

섬을 떠난 허생은 온 나라를 돌아다니며 가난하고 의지할 데도 없고, 그러면서도 어디 하소연할 데도 없는 사람들을 구제했다. 그러고도 돈이 십만 냥이나 남았다.

허생은 물끄러미 쌓아 둔 돈을 바라보았다.

"변 씨에게 갚을 돈은 되는구나."

●

"바닷속에 돈을 던져 버리고 돌아온 까닭이 따로 있어.

도대체 이 나라에서는 그런 돈을

쓸 곳이 없기 때문이야."

●

나를
기억하오?

허생은 변 씨를 찾아갔다.

"나를 기억하오?"

변 씨는 깜짝 놀랐다.

"꼴이 전보다 더 낫지도 않으니 내게서 꾼 돈 만 냥은 날린 모양이지?"

허생이 웃으며 대답했다.

"돈 찍어 발라 얼굴 꾸미기는 당신네들 일이고. 만 냥으로 어찌 도(道)를 살찌운담?"

허생은 십만 냥을 변 씨에게 내밀었다.

"내가 아침 한때의 굶주림을 참지 못하고 글 읽기를 끝내지 못

했으니 그대에게서 빌린 돈 만 냥이 부끄러울 뿐."

변 씨가 크게 놀라 일어나 절하고 사양을 했다. 그러고는 만 냥의 십분의 일만 이자로 받겠다고 했다. 그러자 허생이 크게 화를 냈다.

"나를 장사치 취급하는가!"

허생은 옷깃을 휙 뿌리치고 자리를 떴다.

변 씨는 하는 수 없이 허생에게 들키지 않도록 가만히 그 뒤를 밟아 따라갔다. 그런데 허생이 남산 아래로 가더니 한 오막살이로 들어가 버리는 게 아닌가.

마침 우물가에서 한 할미가 빨래를 하고 있었다. 변 씨가 할미에게 물었다.

"저 오막살이가 누구네 집인가?"

"허 생원네 집이오. 그이가 가난하지만 글 읽기를 좋아했는데, 어느 날 아침 집을 떠나고서는 돌아오지 않은 지가 벌써 다섯 해나 된다오. 그의 아내는 홀로 저 오막살이에 살면서 남편이 집 나간 날에 제사를 지낸다오."

변 씨는 비로소 그의 성이 허씨인 줄을 알고 탄식을 하고 돌아갔다.

이튿날, 변 씨는 허생으로부터 받은 돈을 모두 털어 가지고 허생 앞에 내밀었다. 그러나 허생은 한사코 돈을 밀어내며 받지 않았다.

"내가 정말 부자가 되기로 작정했다면 백만 냥을 버리고 십만 냥을 챙겼겠소? 나는 이제 그대에게 의지해 살아가겠소. 가끔 와서 내가 사는 꼴이나 보아 주오. 그저 양식이나 떨어지지 않게 해주고, 옷이나 입게 해 주면 되오. 그러면 평생 충분하오. 어째서 재물 때문에 마음을 괴롭힌단 말이오?"

변 씨는 여러 가지 이유를 들어 가며 허생을 설득하려 했지만 끝내 허생의 마음을 돌릴 수 없었다.

변 씨는 허생과의 약속을 지켰다. 허생의 양식이나 옷이 떨어질 만하면 반드시 몸소 찾아가 허생을 도왔던 것이다. 허생 또한 흔쾌히 변 씨의 도움을 받았지만, 어쩌다 양식이든 옷이든 평소보다 조금 많이 가져오기라도 하면 곧바로 불쾌한 기색을 보였다.

"내게 재앙거리를 안기면 어쩌라는 거요?"

허생은 어쩌다 변 씨가 술병이라도 들고 오면 크게 기뻐했다. 술 한 병을 놓고 둘이서 권하거니 자시거니 취하도록 마셨다.

그럭저럭 몇 해를 지나면서 서로의 우정은 날마다 두터워졌다.

그러던 어느 날, 변 씨가 평소와 다르게 조용히 말을 꺼냈다.

"어떻게 다섯 해 만에 백만 냥을 벌었는가?"

"그야 알기 쉽고도 쉬운 일이지. 우리 조선은 외국 배가 드나들지 않고, 수레가 나라 안을 활발히 돌아다니지 못해서, 온갖 물건과 상품이 한 지역에서 나고 한 지역에서 쓰이고 말지. 천 냥은 적은 돈이야. 천 냥으로 물건을 마음껏 다 살 수는 없지만, 그것을 열로 쪼개면 백 냥이 열이라. 그러면 열 가지 물품은 넉넉하게 살 수 있지. 가벼운 물품이라면 굴리기도 쉽단 말이야. 한 물건에서 실패를 보더라도 다른 아홉 가지의 물건에서는 재미를 보는 수도 있어. 이것이 작은 장사꾼들이 이익을 거두는 일반적인 방법이지."

허생이 말을 이었다.

"만약 만 냥이 있다고 하세. 그러면 족히 한 가지 물품을 독점할 수 있겠지. 한 수레 분량이면 수레째로, 배 한 척 분량이면 배째로 전부, 한 고을에 가득한 것이라면 한 고을째로 전부, 마치 그물코 촘촘한 그물로 훑듯 모조리 사들일 수 있지 않겠나."

변 씨는 점점 더 허생의 이야기에 빠져들었다.

"누군가 뭍에서 나는 만 가지 물품 가운데 하나를 슬그머니 독점해 쥐고, 물에서 나는 만 가지 물품 가운데 하나를 슬그머니 독점해 쥐고, 의원이 쓰는 만 가지 약재 가운데 하나를 슬그머니 독점해 쥐어서, 한 가지 물품이 한곳에 묶여 있다고 생각해 보게. 그러는 동안 상인 저마다가 유통하던 물품이 고갈될 것이고 상거래

기반이 무너지겠지."

허생은 계속해서 말을 이었다.

"사실 이 방법은 백성을 해치는 방법이야. 만약 나라의 일을 하는 사람이 이 방법을 써서 돈을 벌려 든다면 나라가 틀림없이 위태로워질 거야."

변 씨가 다시 물었다.

"처음에 어찌 내가 선뜻 만 냥을 꾸어 줄 줄 알고 찾아왔는가?"

허생이 대답했다.

"자네만이 그 돈을 내게 빌려줄 수 있었던 유일한 사람인 것은 아니야. 만 냥을 지닌 사람이라면 누구나 다 그렇게 했을 거야. 나는 스스로 내 재주를 이용해 백만 냥쯤은 족히 모을 수 있다고 생각했지만, 운수야 하늘에 달린 것이니 어찌 꼭 그렇게 된다고 장담까지 할 수 있었겠나. 말하자면 내 말을 들어줄 수 있는 사람은 하늘이 내린 복이 있는 사람이고, 기어코 한 부자를 더 큰 부자로 만드는 것은 하늘에 달린 법이지. 그러니 어찌 그대가 내게 돈을 빌려주지 않을 수 있었겠나.

이미 만 냥을 빌린 다음에는 그대의 복에 의지해서 일을 한 덕분에 하는 일마다 성공했던 게야. 만약 내가 내 재주만 믿고 멋대로 일을 벌였다면 일이 성공했을지는 모르는 일이지."

변 씨가 다른 이야기를 꺼냈다.

"요즘 사대부들이 남한산성에서 오랑캐에게 당한 치욕을 씻어 보려고 하고 있어. 지금이야말로 지혜로운 선비가 팔뚝을 내두르며 일어설 때가 아닐까? 이런 재주를 가지고도 어찌 번민만 하며 사람들이 모르게 파묻혀 살다 한평생을 마치려 하는가?"

허생이 다시 정색을 했다.

"예부터 세상 모르게 파묻혀 지낸 사람이 한둘이었나? 졸수재 조성기* 같은 분은 원수의 나라에다 사신으로 파견할 만한 인물이었으나 베잠방이나 입고 사는 신세로 지내다 늙어 죽었지.

반계 거사 유형원* 같은 분은 어떤가. 능히 한 나라의 군량 조달을 감당할 만한 능력이 있는 분이지만 저 바닷가를 거닐고만 있지 않은가?

그러고 보면 지금 나라의 정권을 잡고 있는 자들이 어떤 자들인지 알 만하지. 나는 장사를 잘하는 사람이야. 내가 번 돈이 구왕(九王)*의 머리를 사고도 남을 정도였지만, 바닷속에 던져 버리고 돌

---

* **조성기**(1638~1689년) 조선 숙종 때의 학자. 호는 졸수재이다. 평생 동안 독서를 하고 학문을 공부했다. 시문에 능통하고 성리학의 체계를 이루었으며, 경제학에도 밝았다. 한문 소설 《창선감의록》을 지었다.

* **유형원**(1622~1673년) 조선 효종 때의 실학자. 호는 반계이다. 진사시에 합격하였으나 벼슬에 뜻이 없어 오로지 학문 연구에만 전념하였다. 지은 책으로 《반계수록》 등이 있다.

* **구왕**(1612~1650년) 누르하치의 14번째 아들인 예친왕을 말한다. 청나라 초기의 황족으로, 베이징으로 도읍을 옮겼으며 중국을 무력으로 평정하였다.

아온 까닭이 따로 있어. 도대체 이 나라에서는 그런 돈을 쓸 곳이 없기 때문이야."

변 씨는 "휴~." 하고 한숨만 내쉬고 돌아갔다.

●

허생의 목소리가 떨렸다.

"이것도 어렵다, 저것도 어렵다 하면,

그러고서 도대체 무슨 일을 할 수 있겠소?

가장 쉬운 일 하나를 말해 주면, 그대가 할 수 있겠소?"

●

허생은
온데간데없었다

변 씨는 이완 정승과 원래 잘 아는 사이였는데, 이완이 때마침 어영대장*의 자리에 오른 참이었다. 이완은 평소 변 씨에게 대단한 양반 출신이 아니라도 보통 사람들 중에서 혹시 쓸 만한 인재는 없는지 묻곤 했다. 변 씨가 이완에게 허생 이야기를 들려주니 이완은 깜짝 놀랐다.

"기이하군. 정말 그런 사람이 있다고? 그 사람의 이름은 무엇인가?"

"소인이 그와 알고 지낸 지 3년이 지났지만 여태껏 이름을 모릅

---

* **어영대장** 조선 후기에 수도와 그 외곽을 방어하기 위해 설치된 다섯 군영인 오군영 중 하나인 어영청의 으뜸 벼슬.

니다."

이완이 말했다.

"그런 사람이 이인*이지. 자네와 함께 가 보고 싶네만!"

밤이 되자 이완은 수행하는 자들도 다 물리치고 말도 타지 않고 변 씨와 단둘이 걸어서 허생을 찾아갔다.

허생의 집 앞에 다다른 변 씨는 이완을 문밖에서 기다리게 했다. 변 씨는 먼저 혼자서 집 안으로 들어가, 허생에게 이완이 여기까지 온 사연을 자세히 이야기해 주었다. 그러나 허생은 못 들은 체하고 말했다.

* **이인** 재주가 신통하고 비범한 사람.

"가지고 온 술병이나 어서 내놓으시게."

그러더니 평소처럼 변 씨를 상대로 즐겁게 술만 마셨다.

변 씨는 한 나라의 높은 벼슬아치가 오막살이 밖에서 오래 기다리는 게 민망해, 손님이 있다는 이야기를 은근슬쩍 여러 번 꺼냈다. 하지만 허생은 아랑곳하지 않았다.

허생은 어느덧 밤이 이미 깊어서야 손님이 생각났다는 듯 말을 꺼냈다.

"손님 좀 들어오라 해 볼까."

이완이 방에 들어왔다. 그러나 허생은 자리에서 일어나지도 않았다. 이완은 몸 둘 곳을 몰라 당황한 채로 나라에서 어진 인재를 구한다고 설명했다.

허생은 손을 저으며 이완의 말을 끊었다.

"밤은 짧은데 말이 너무 길어서 듣기에 지루하군. 그대는 지금 무슨 벼슬에 있소?"

"대장이오."

"아하, 나라의 신임을 받는 신하로군. 내가 와룡 선생(臥龍先生)*

---

* **와룡 선생** 《삼국지》에 등장하는 촉나라의 재상 제갈량의 호. 와룡이란 때를 기다리는 인물을 뜻한다.

같은 분을 천거하겠으니, 그대가 임금께 여쭈어 삼고초려(三顧草廬)[*]
하게 할 수 있겠소?"

이완 대장은 머리를 숙이고 한참 있다가 말했다.

"어렵소. 두 번째 생각을 듣고 싶소."

허생이 다시 말을 잘랐다.

"나는 원래 '두 번째'란 말은 배운 적이 없소."

이완은 다시금 애타게 의논을 청했다. 허생은 마지못해 이야기
를 이어 나갔다.

"명나라의 장사들은 조선이 명나라로부터 전에 은혜를 입은 적
있다고 여기고, 그 자손들이 많이들 우리나라로 망명해 들어왔소.
그런데 지금 그들이 떠돌이 신세며 홀아비 신세로 살며 고생하고
있소. 그대가 조정에 청해 왕실 일가의 딸을 그들에게 시집보내고,
높은 벼슬아치며 임금의 친척이며 권세 있는 양반의 집을 빼앗아
그들의 살림집을 마련해 줄 수 있겠소?"

이완은 다시 머리를 숙이고 한참을 생각하다 대답했다.

"어렵소."

허생의 목소리가 떨렸다.

---

[*] **삼고초려** 인재를 맞아들이기 위하여 참을성 있게 노력함. 중국 삼국 시대에, 촉나라의 유비가 난양
에 은거하고 있던 제갈량의 초가집으로 세 번이나 찾아갔다는 데서 유래한다.

"이것도 어렵다, 저것도 어렵다 하면, 그러고서 도대체 무슨 일을 할 수 있겠소? 가장 쉬운 일 하나를 말해 주면, 그대가 할 수 있겠소?"

이완은 간절했다.

"말씀해 주시오."

"천하에 대의를 외치고자 할 때 먼저 천하의 호걸과 사귀어 관계를 맺지 않으면 안 되고, 남의 나라를 치고자 할 때 먼저 첩자를 쓰지 않으면 일을 이룰 수 없소."

허생은 목소리를 가다듬었다.

"지금 만주에서 일어난 만주족의 청나라가 갑자기 천하의 주인이 되었소. 청나라는 중국 본토와는 친하게 지내지 못하고 있고 말이오. 그런데 조선이 다른 나라보다 앞서 저들을 섬기게 되어 저들은 우리를 정말로 신뢰하고 있소. 그러니 조선 젊은이들이 청나라에 유학할 수 있도록, 나아가 청나라에서 관리로 임용될 수 있도록 허용해 달라고 하고, 지난 당나라 때나 원나라 때처럼 상인의 출입을 금하지 말도록 간청하면, 저들도 반드시 우리와 좋은 관계를 맺기 위해 이 제안을 기쁘게 받아들일 테지요.

이때 우리가 나라의 번듯한 젊은이를 가려 뽑아 머리도 저 청나라 만주족 오랑캐처럼 깎고, 옷도 청나라식으로 입혀 청나라로 보내는 거요. 그 가운데 글 잘 읽고 지식 있는 사람은 가서 빈공과*에 응시하면 되고,

* **빈공과** 외국인이 응시할 수 있는 중국 과거.

보통 사람은 멀리 강남*으로 가 장사를 하는 한편, 청나라의 정세
를 잘 살피면서 그곳의 호걸들과 좋은 관계를 맺으면, 천하를 도모
하고 나라의 수치를 씻을 수 있을 거요.

그런 다음 명나라 황족에서 사람을 얻어서 나라를 세우고, 그러
지 못하면 천하의 제후를 거느리고 적당한 사람을 골라 하늘에 천
거하면 되오. 그렇게 해서 잘되면 우리나라가 중국의 스승이 될 것

* **강남** 중국 양쯔강의 남쪽 지역을 이르는 말.

이고, 못 되어도 제후의 나라 중에서는 으뜸가는 나라의 지위는 잃지 않을 테고."

이완이 허탈해하며 말했다.

"사대부들이 모두 조심스럽게 예법을 지키는데, 누가 만주족처럼 머리를 깎고 되놈의 옷을 입으려 하겠소?"

허생은 화가 나 소리를 지르기 시작했다.

"이른바 사대부란 것들이 무엇들이냐? 오랑캐 땅에서 태어나 자칭 사대부라 뽐내다니, 이런 한심한 데가 있느냐? 의복은 흰옷을 입으니 그것이야말로 상갓집에서 입는 차림이고, 머리털을 한데 묶어 송곳같이 만드는 것은 남쪽 오랑캐가 트는 상투에 지나지 않는데 무엇을 가지고 예법이라고 한단 말이냐?

옛날 번오기*는 원수를 갚기 위해 자신의 목을 아낌없이 바쳤고, 무령왕*은 나라를 강성하게 만들기 위해 오랑캐의 옷 입기를 부끄러워하지 않았다. 이제 명나라를 위해 원수를 갚겠다고 하면

---

* **번오기**(?~기원전 227년) 중국 전국 시대 말기 사람으로. 원래 진나라의 장군이었다. 그런데 가족들이 진나라의 탄압으로 모두 사형을 당하자 연나라로 몸을 피한다. 이때 형가라는 자객이 번오기에게 한 가지 제안을 한다. 형가가 번오기의 목을 진나라 왕에게 바친다는 빌미로 진나라 왕을 만나고, 바로 그때 진나라 왕을 죽인다는 것이다. 번오기는 복수를 위해 그 자리에서 자신의 목을 찌른다.

* **무령왕**(?~기원전 295년) 중국 전국 시대 조나라의 왕. 북방 오랑캐를 무찌르기 위해 과감하게 북방 기마족의 옷을 입고 말을 타며 전투에 나섰다.

서, 그까짓 머리털 하나를 아낀다고? 앞으로 말을 달리고 칼을 쓰고 창을 던지고 활을 당기고 돌을 던져야 할 판에 그 헐렁한 소매를 고치지 않으면서 제 딴에 이 따위를 예법이라고 한단 말이냐?

내가 처음에 세 가지 계책을 말했는데, 너는 하나도 할 수 없다고 하면서 신임받는 신하라고? 신임받는 신하라는 게 정녕 이 따위란 말이지? 너 같은 놈은 목을 베어 죽여야 해!"

허생은 좌우를 돌아보며 칼을 찾아 이완을 찌르려 했다. 이완은 놀라서 일어나 급히 뒷문으로 빠져나가 달아났다.

이튿날, 그 집을 다시 찾아가 보았으나 허생은 보이지 않고 오막살이는 텅 비어 있었다.

허생전의
뒷이야기

　어떤 사람은 허생을 명나라 출신 유민이라고도 한다. 청나라가 중국을 장악한 것이 분명해진 시점인 갑신년(1644년) 이후로, 청나라를 거부하는 명나라 사람들이 많이들 동쪽으로 들어와 우리나라에서 살게 되었다. 허생이 혹시 그런 사람들 중 하나라면 그 성이 반드시 허씨가 아닐 수도 있겠다.

　세상에는 이런 말도 돌아다닌다. 판서까지 지낸 조계원이라는 자가 경상 감사가 되어 경상도를 돌아다니다가 청송에 이르렀는데, 길옆에 웬 중 둘이 서로 마주 보고 누워 있었다. 관찰사 행렬의 앞에 섰던 부하가 비키라고 고함을 쳤으나 그들은 꿈쩍하지 않았다. 채찍으로 갈겨도 일어나지 않았다. 여럿이 붙들어 끌어도 움직일 수 없었다.

　조계원이 다가가 물었다.

　"어디 있는 중이냐?"

　두 중은 일어나 앉더니 더욱 뻣뻣한 태도로 눈을 흘기고 한참 있다가 말했다.

　"너는 허풍을 떨고 세상에 아부해 경상도 으뜸 벼슬아치가 된 놈이 아니냐!"

조계원이 살펴보니 하나는 얼굴이 붉고 둥글고, 다른 하나는 얼굴이 검고 길었으며, 말하는 모양새가 자못 범상치 않았다. 조계원이 가마에서 내려 이야기를 나누려 하니 중이 말했다.

"졸개들은 두고, 나를 따라오라."

조계원이 몇 리를 따라가니 숨이 가빠지고 땀이 자꾸만 흘러내렸다. 좀 쉬었다 가자고 했더니 중이 화를 냈다.

"너는 평소에 여러 사람들과 있을 때면 언제나 큰소리를 쳤다. 갑옷을 입고 창을 잡고 앞장서서는, 임진왜란 때 조선을 구해 준 명나라를 위해 원수를 갚고 치욕을 씻겠다고 떠들었지. 고작 몇 리 가지도 못했는데 한 걸음에 열 번 헐떡이고 다섯 걸음에 세 번을 쉬려 하니, 이러고서 어찌 요동을 비롯한 대륙의 벌판을 거침없이 달릴 수 있겠느냐."

그러다 한 바위 밑에 이르러서, 중은 거기 나무에 기대 집을 만

들고, 땔나무를 쌓고는 그 위에 눕는 것이었다. 조계원이 목이 말라 물을 달라고 하니 중이 대꾸했다.

"귀하신 분이니 목이 마르고 배도 고프겠지."

중은 조계원에게 씹어 넘기기도 어려운 거친 떡을 먹이려고, 솔잎 가루를 개울물에 타 주었다. 조계원이 이마를 찡그리고 마시지 못하니 중이 또 타박했다.

"요동 벌판은 물이 귀해서 목이 마르면 말 오줌이라도 마실 정도란 말이야!"

그러더니 갑자기 두 중이 서로 부둥켜안고 엉엉 울다 조계원에게 말했다.

"중국 남쪽 끝에서 청나라에 대한 반란이 일어나, 몇몇 곳이 시끄럽다는 걸 알고 있느냐?"

조계원이 들은 적 없다고 대답하니 중들이 다시 탄식했다.

"지방의 으뜸가는 관리가 천하에 어떤 일이 있는지 듣지도 알지도 못하는구나. 그저 큰소리나 함부로 쳐서 벼슬자리를 얻었을 뿐이구나."

조계원이 다시 물었다.

"스님들은 어떤 분이오?"

"물을 필요 없다. 세상에 우리를 알아볼 이가 있겠지. 여기 앉아 조금만 기다려라. 내가 우리 선생님을 모시고 와서 네게 꼭 할 말이 있다."

이렇게 말하고 중들은 깊은 산속으로 들어갔다.

그러나 해가 진 뒤에도 그들은 오래도록 돌아오지 않았다. 조
계원은 밤늦도록 기다렸지만, 밤이 깊어 풀과 나무가 우수수 울고,
호랑이가 싸우는 소리가 들려올 뿐이었다. 조계원은 겁에 질려 거
의 까무러칠 판이었다.

얼마 지나 여럿이 횃불을 켜 들고 상전인 조계원을 찾아왔다.
조계원은 이런 꼴을 당하고서야 골짜기를 빠져나왔다.

이 일을 겪은 지 오래되었어도 조계원은 늘 마음이 불안하고 가
슴속에 한을 품게 되었다. 뒷날 이 일을 조선의 선비들이 최고로
존경한 인물인 우암 송시열*에게 물었더니 이런 대답을 해 주었다.

"그들은 아마도 명나라 출신 고급 장교인데, 우리나라로 도망쳐
온 사람들이 아니었을까?"

"왜 제게 함부로 대하고 그런 짓을 했을까요?"

"그들 스스로 조선 중이 아님을 드러내느라 그런 것이겠지. 땔

---

* **송시열**(1607~1689년) 숙종 때의 문신, 학자이다. 당파인 서인에서 갈라져 나온 노론의 우두머리
인데, 숙종 때 왕세자를 책봉하는 데 반대하다가 사약을 받고 죽었다. 《우암집》, 《송자대전》 등
을 썼다.

나무를 쌓아 둔 것은 와신상담*을 뜻하는 것일 테고."

이야기 둘

　나 박지원의 나이가 스물이 되었을 때 봉원사라는 절에서 지내며 글을 읽은 적이 있다.

　절에는 나 말고도 또 다른 손님 하나가 머물렀는데, 그는 음식을 적게 먹으며 밤이 새도록 잠을 자지 않고 신선이 되는 법을 익혔다. 또한 정오가 되면 반드시 벽에 기대어 앉아 눈을 살짝 감고 도술을 행하였다. 나이도 꽤 되었으므로 나는 그를 존대하였다.

　그는 종종 내게 허생의 이야기며 신기한 도술을 쓰는 사람들의 이야기를 들려주었다. 장황한 이야기는 며칠 밤씩 끊이지 않기도 했다. 그 이야기는 거짓말 같으면서도 기이하고 괴상하면서도 미묘하기 짝이 없었는데, 모두 들을 만한 이야기였다. 그때 그 손님이 자신을 윤영이라고 소개했다.

＊ **와신상담** 불편한 땔나무에 몸을 눕히고 쓸개를 맛본다는 뜻으로, 원수를 갚거나 마음먹은 일을 이루기 위하여 온갖 어려움과 괴로움을 참고 견딤을 비유적으로 이르는 말이다. 《사기》에 나오는 이야기로, 중국 춘추 시대 오나라의 왕 부차가 아버지의 원수를 갚기 위하여 장작더미 위에서 잠을 자며 월나라의 왕 구천에게 복수할 것을 맹세하였고, 그에게 패배한 월나라의 왕 구천이 쓸개를 핥으면서 복수를 다짐한 데서 유래한다.

이때가 내 나이 스물 되던 병자년(1756년) 겨울이다.

그 뒤 계사년(1773년) 봄에 평안도 쪽으로 구경을 갔던 적이 한 번 있다.

평안도 성천의 비류강에서 배를 타고 이름난 산인 십이봉에 가니, 초가지붕 덮은 조그마한 암자가 하나 있었다. 그리고 그 암자에 윤영이 어떤 중과 함께 있었다. 윤영은 나를 보고 깜짝 놀라며 기뻐했다. 서로 안부를 묻는데, 열여덟 해가 지났는데도 윤영은 얼굴이 더 늙지를 않았다. 팔십이 넘은 나이일 텐데도 걸음은 나는 듯하였다.

나는 그에게 물었다.

"허생 이야기에 한두 가지 잘 모를 데가 있습니다."

그 말을 들은 윤영이 바로 내 의문을 풀어 주니, 마치 그저께 만난 사람인 듯 시간의 흐름을 느낄 수 없었다. 윤영은 내게 질문을 던지기도 했다.

"자네, 허생 이야기를 쓴다고 하지 않았는가? 이제 다 썼겠지?"

그때까지 허생의 이야기를 다 쓰지 못했으므로 나는 노인에게 사과했다. 내가 '윤 노인' 하고 불렀더니 그가 대꾸했다.

"내 성은 '신'이야. 윤이 아니야. 자네가 잘못 알고 있군."

나는 깜짝 놀라 이름을 물었다.

"내 이름은 '색'이라네."

내가 다시 물었다.

"전에는 윤영이라고 하셨잖습니까. 이제 갑자기 신색이라고 하시니 무슨 까닭입니까?"

그러자 노인이 화를 냈다.

"잘못 알고서는 남한테 이름을 바꾸었다고 하다니."

내가 다시 캐물으려 했으나 노인은 더욱 성을 냈다. 노인의 눈동자는 파란 기운이 돌도록 번뜩였다. 나는 그제야 비로소 그 노인이 남다른 도술을 익힌 사람이라는 생각이 들었다. 혹시 역적의 출신이거나, 유학과는 다른 사상을 가져 이단으로 몰린 사람인지도 모른다.

내가 떠날 때가 되자 이름이 분명치 않은 그 노인이 이렇게 말하며 혀를 찼다.

"허생의 아내는 정말 가엽소. 결국 다시 굶주리겠지."

그 뒤로 경기도 광주 땅의 신일사라는 절에 나이 아흔에 범을 잡고, 바둑 잘 두고, 역사를 잘 알고, 이야기를 잘하는 사람이 있다는 소문을 들었다. 생김새며 행동이 윤영을 떠올리게 하므로 한번 만나 보고 싶었지만 뜻을 이루지는 못했다.

물론 세상에는 제 이름을 숨기고 살며 세상을 놀리면서 사는 존재가 없지 않다. 어찌 허생뿐이랴.

허
생
전

물음표로
따라가는
인문학 교실

고전으로 인문학 하기

고전을 읽으며 생겨나는 여러 질문에 답하며,
배경지식을 얻고 인문학적 감수성을 키워요.

고전으로 토론하기

고전을 다양한 시각으로 바라보며,
다르게 생각하는 힘을 길러요.

고전과 함께 읽기

함께 소개하는 다양한 작품을 통해,
인문학적 사고의 폭을 넓혀요.

고전으로 인문학 하기

● 《허생전》을 쓴 박지원은 누구일까?

고전 소설은 작자 미상인 경우가 많습니다. 《박씨전》이나 《흥부전》, 《운영전》 모두 작가가 누구인지 알 수 없었지요. 그런데 《허생전》은 엄연히 작가가 있어요. 조선 후기의 학자 박지원이 이 소설을 썼지요. 그렇다면 박지원은 어떤 사람인지 짚고 넘어가지 않을 수 없습니다.

박지원(1737~1805년)은 영조가 다스리던 때에, 반송방 야동(오늘날 서울시 중구 순화동과 의주로 2가 일대)에서 태어났어요. 그의 집안은 조선 제일의 명문가인 반남 박씨 가문이었어요. 집안 대대로 이름난 선비도 많았어요. 할아버지 박필균은 높은 벼슬인 관찰사를 지

▲ 박지원 초상화. 박지원의 후손이 제작
하였다.

냈어요. 그는 조선 후기 정권을 잡고 있던 '노론'이라는 붕당*의 중심 인물이었습니다. 그런가 하면 팔촌 형 박명원은 영조의 사위였지요.

박지원은 머리 좋고 재주 높은 집안사람들 사이에서 자연스럽게 세련된 교양을 쌓을 수 있었어요. 왕실에서도 박지원의 집안을 잘 알고 있었기 때문에 그는 마음만 먹으면 출세할 수 있었지요.

하지만 박지원은 세상에 대해 깨달을 무렵인 열여덟 즈음부터 과거 급제만을 위한 글공부에 깊은 회의를 느꼈어요. 그때 과거 시험은 권위를 잃은 지 오래였어요. 조선 후기 들어 과거는 돈과 권력만 있으면 붙는 시험이 되었지요. 양반들은 제대로 된 공부는 하지 않으면서 특권을 누렸고, 교양이 없으면서도 교양 있는 체했어요. 과거 제도와 정치 현실에 대한 실망이 얼마나 깊었는지 그는 두통과 우울증에 시달릴 정도였지요.

* **붕당** 특정한 학문적, 정치적 입장과 이해관계에 따라 이루어진 조선 시대의 양반 집단. 오늘날의 정당과 비슷한 부분이 있다.

▲ 조선 시대의 유가(遊街) 광경을 나타낸 풍속화. 유가란 과거 급제자가 위풍당당하게 거리를 행진하는 일을 말한다.

　물론 양반 집안 자제로서 마지못해 초시(과거의 첫 시험)에 응시하기도 했어요. 이때 박지원은 두 번이나 1등을 차지하여, 영조를 직접 만나는 특전을 누리기도 했지요. 과거는 크게 예비 시험과 본시험으로 나뉘어 있습니다. 박지원은 본시험인 대과까지 합격할 만한 능력을 충분히 갖추고 있었지요.

　그러나 십대 후반부터 시작된 고민과 회의를 해결하지 못하고 더 나이 드는 사이에, 그는 어느 순간 대과를 영영 포기하기로 마음먹었어요. 박지원은 썩은 세상에서의 출세에는 조금도 미련이 없었어요. 그는 스스로 생각하는 바른길을 따라 올곧은 글쟁이, 올곧은 학자가 되기로 마음을 굳혔지요.

박지원은 정말 열심히 공부하는 사람이었어요. 그 학문의 깊이와 교양은 오늘날에도 높은 평가를 받습니다. 남북을 통틀어 제일 존경받는 고전 문학 작가라고 해도 지나치지 않지요. 박지원은 공부가 사사로운 이익, 출세, 헛된 명예를 향해서는 안 된다고 여겼어요. 오로지 자신과 집안의 이익을 위해 과거에 응시하는 것은, 그의 입장에서는 부끄러운 일일 뿐이었지요. 박지원은 선비의 공부에 대해 이렇게 말했습니다.

"선비 한 사람이 글을 읽으면 그 혜택이 온 세상에 미치고, 그 공은 만세에 남는다."

● 《열하일기》,《옥갑야화》,《허생전》 사이에 어떤 관계가 있나?

출세를 과감히 포기한 박지원은 수많은 책을 읽고 썼으며 여러 학자들과 교류했어요.

또한 긴 여행을 떠나 견문을 넓히기도 했어요. 정조 때인 1780년, 팔촌 형 박명원을 따라 사신의 일원으로 청나라에 가게 된 것입니다. 원래 조선은 명나라를 따르고, 청나라를 그저 오랑캐의 나라로 여겼어요. 하지만 1636년 청나라가 조선에 쳐들어오는 병자호란

이 일어난 뒤로는 상황이 달라졌어요. 동아시아의 강대국으로 떠오른 청나라를 면밀히 파악할 필요가 있었지요.

　이러한 의도로 파견된 사신의 무리에 박지원이 함께하게 되었어요. 그에게는 더없이 좋은 기회였지요. 그는 여행길에 보고 듣고 느낀 바를 《열하일기(熱河日記)》*에 담았습니다.

　《열하일기》는 단순한 여행기에 그치지 않습니다. 여기에는 청나라의 앞선 문물에 대한 생생한 목격담과 그에 대한 박지원의 철학과 세계관이 담겨 있지요. 《열하일기》의 한 대목을 들여다볼까요?

* '열하'는 중국 허베이성, 청더 지방을 말한다. 이곳에 청나라 황제의 별궁이 있었는데, 황제는 무더운 여름에 더위를 피해 이 별궁에서 집무했다.

"이용(利用, 기술 발전과 생산의 증대)이 있은 다음에야 후생(厚生, 넉넉한 일상생활)을 이룰 것이요, 후생이 된 연후에야 정덕(正德, 덕이 올바르게 됨)이 될 것이다. 이용이 되지 않고 후생할 수 있는 이는 드물 것이니, 생활이 넉넉하지 못하다면 어찌 그 마음을 바로 지닐 수 있겠는가."

더 나은 세상을 위한 박지원의 고민은 '이용후생'이라는 말로 요약되는데요, 이는 뒤에서 자세히 살펴보도록 해요.

그런가 하면 《열하일기》에는 소설에 가까운 재미난 이야기가 실려 있습니다. 박지원은 열하에서 북경으로 돌아오던 길에 옥갑이라는 곳에서 하루 묵게 되었는데, 그곳에서 함께 지낸 이들과 이런저런 이야기를 나누었어요. 이때 나눈 이야기를 《열하일기》 가운데서도 《옥갑야화》편으로 묶었습니다. 이 《옥갑야화》 안에 허생의 이야기가 실려 있지요.

허생의 이야기는 원래 따로 제목이 붙어 있지 않았어요. 그렇지만 단편 소설이라고 봐도 좋을 만큼 구성이 탄탄하고 이야기가 재미있어서, 뒷날 《열하일기》를 읽은 사람들이 《허생전》이라는 이름을 따로 붙여 주었지요.

《열하일기》에는 《허생전》뿐만 아니라 〈호질〉 같은 재미난 이야기도 실려 있어요. 또한 여기 실린 〈일야구도하기(一夜九渡河記, 하룻밤에 강물을 아홉 번 건너며)〉와 같은 수필에 가까운 글도 유명하답니다. 자, 이제 헷갈리지 않겠지요? 간단히 말해 《열하일기》 안에 《옥갑야화》 편이, 《옥갑야화》 안에 《허생전》이 있는 것이랍니다.

● 한양의 제일가는 부자 변승업이 누구일까?

이제 작품 속으로 들어가 볼까요? 소설의 앞부분에는 허생이 부자 변 씨에게 만 냥을 빌리는 장면이 나옵니다. 만 냥이라니, 큰 돈임에는 틀림없는데 그 가치가 가늠이 안 된다고요? 《허생전》은 17세기를 배경으로 하고 있는데요, 당시의 화폐 가치를 정확히 알기는 어렵지만 조선 후기 쌀의 가격을 통해 추측할 수는 있어요.

조선 후기에 쌀 한 섬은 5냥 정도였다고 해요. 이를 요즘의 쌀값(2019년 5월 기준)에 견주면 1냥은 6만 원이 넘는 가치가 있었던 듯합니다. 허생은 만 냥을 꿨으니까, 동전(상평통보)으로 빌렸다고 계산해 보면 그 가치는 6억 원이 넘는답니다. 정말 입이 떡 벌어지는 액수지요! 비록 소설 속 인물이기는 하지만, 이렇게 큰돈을 단번에 빌려준 변 씨의 배포에 놀라게 됩니다.

그런데 《허생전》의 변 씨는 조선 시대에 실제 있었던 인물일까요? 《옥갑야화》에서는 허생의 이야기에 들어가기 전에 변승업에 대해 언급하는데요, 변승업은 실존 인물이랍니다. 《허생전》에서 변 씨가 변승업인지 변승업의 할아버지인지에 대해서는 의견이 분

분한데요, 변 씨의 모델이 변승업의 집안사람이라는 것은 확실하지요.

　그럼 변승업이 대체 얼마나 대단한 사람이기에 《옥갑야화》에서 그 이름을 언급했던 걸까요?

　변승업(1623~1709년)은 역사 기록에 분명 나오는 인물이에요. 그는 1645년 과거에서 잡과의 하나인 역과를 거쳐 역관이 되었지요. 역관은 조선 시대에 통역을 임무로 하는 벼슬아치예요. 중국어, 몽골어, 여진어, 일본어 네 과가 설치되어 있었는데요, 변승업은 그 가운데 일본어를 맡은 역관이었지요.

　변승업의 집안은 장희빈의 집안과 사돈을 맺기도 한, 당대 최고의 전문 기술 관리 가문이었어요. 변승업은 착실히 관리 생활을

하며 경력을 쌓아 1682년에는 수석 통역관으로서 일본을 다녀오기도 합니다. 그 임무를 잘 해냈다고 숙종으로부터 종2품 가선대부라는 어마어마한 벼슬을 내려받았지요. 변승업은 자신의 능력을 인정받은 관리였던 것이지요. 역관은 당시 남들이 함부로 다닐 수 없었던 외국에 갈 수 있고, 남들이 얻기 힘든 외국의 정보와 물건을 쉬이 손에 넣을 수 있는 직업이었어요. 조선 후기에는 무역을 통해 큰돈을 번 역관들도 생겨났지요. 변승업 역시 역관으로서 명예와 부를 함께 거머쥐었답니다.

그런가 하면 소설의 마지막 부분에서 허생과 대화를 나누는 이완(1602~1674년)도 실존 인물이에요. 인조 때 벼슬자리에 나아간 이완은 포도청의 으뜸 벼슬인 포도대장, 어영청의 으뜸 벼슬인 어영대장, 병조 판서, 우의정 등 중요한 관직을 두루 거쳤답니다. 인조의 뒤를 이은 효종은 송시열과 이완에게 중요한 임무를 맡겼어요. 효종은 세자 시절에 청나라에 포로로 끌려가 고생을 했던 적이 있었지요. 청나라에 대해 깊은 반감과 원한을 갖고 있던 효종은 '북벌론'을 강조했어요. 북벌론은 군사를 이끌고 청나라를 정벌하자는 주장이지요. 이를 위해 군사와 행정에서 경험이 많은 이완을 중용했던 거예요.

《허생전》에서 꽤 비중 있는 인물인 변 씨와 이완 대장이 실존 인물을 모델로 하고 있다는 점이 참 흥미롭지요?

● 허생은 왜 사재기를 했을까?

허생이 변 씨에게 돈을 빌린 뒤 제일 먼저 한 일이 무엇인가요? "무얼 좀 해 보려 하오."라며 자신 있어 하더니만, 안성장에 과일이 들어오면 무조건 사들였지요. 그런 뒤에는 제주에서 말총을 삽니다. 허생이 과일과 말총을 독점하는 바람에 난리가 났지요.

그런데 왜 허생은 수많은 물품 중에서 굳이 '과일'과 '말총'을 사들였을까요? 이는 조선이 양반 사회였던 것과 관련이 있답니다.

먼저 '양반'의 뜻부터 짚어 봐요. 양반은 문과를 거친 문반(文班)과 무과를 거친 무반(武班)을 아울러 이르는 말이에요. 그러다 점차 그 후손과 벼슬에 나아갈 가능성이 있는 사람이나 가까운 겨레붙이도 양반이라고 부르게 되었어요. 양반이라는 말 자체가 아예 지배층을 이루는 신분을 가리키는 개념으로 바뀐 것이지요. 그런데 지배층으로서의 양반으로 인정을 받으려면 다음과 같은 조건들을 충족시켜야 했어요.

- 자신이 과거 합격자이거나, 할아버지가 합격자이되 자신이 그 후예임을 증명할 수 있는 족보가 분명해야 한다.
- 대대로 일정한 지역에 살면서 명예를 지켜야 한다.
- 일상에서 유학의 가르침을 행하고, 유학과 한문 교양이 드러나는 생활을 해야 한다. 이를 증명하는 가장 중요한 의례가 제사이고, 으뜸가는

교양은 유학 경전을 포함한 한문 고전이다.

● 앞의 세 가지 조건을 지키는 집안과 혼인할 수 있어야 한다. 실제로 그런 혼인을 행해야 한다.

양반으로 인정받기가 쉽지 않지요? 사회에서 어엿한 지배층으로 행세하는 만큼 양반에게는 명예를 지키는 일이 매우 중요했어요. 그런데 어떻게 명예를 지키고 체면을 차릴까요? 제사를 지내는 것은 기본이고요, 손님에게 번듯한 상차림으로 접대를 해야 하지요. 이때 제사상이나 손님에게 대접하는 잔칫상에는 반드시 과일이 올라가요. 과일 없이는 양반 체면을 차릴 수가 없지요.

또한 양반은 일상생활 속에서도 의복을 제대로 갖춰야 해요. 양반 행세하는 조선의 남성은 머리에 망건을 두르고, 망건 위에 탕건을 쓰고, 그 위에 갓을 써 머리 위 복식을 갖춥니다. 망건이 없으면 맨머리 바람으로 다녀야

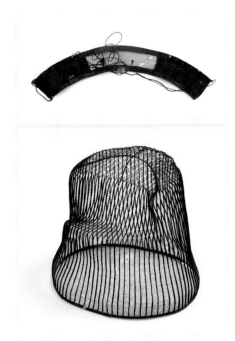

◀ **망건** 망건은 상투를 틀고 머리카락이 흘러내리지 말라고 머리에 두르는 띠이다. 망건 안에 있는 끈으로 저마다의 머리 크기에 맞게 망건을 조였다 늦추었다 할 수 있다.
ⓒ국립민속박물관

◀ **탕건** 망건 위에는 탕건을 덮는다. 탕건 덕분에 갓이 제대로 자리를 잡는다. 실내에서 갓은 벗고 탕건만 쓰고 있기도 한다. 약식 모자라고 보면 된다.
ⓒ국립민속박물관

하는 궁지에 몰리지요. 이렇듯 중요한 망건, 탕건, 갓의 주요 재료가 말총이에요. 당시 제주는 조선을 통틀어 말총의 최대 산지였답니다. 이제 왜 허생이 과일을 몽땅 사들이고 제주에서 말총을 싹쓸어 왔는지 알겠지요? 과일과 말총은 조선 시대 양반들의 필수품이었던 거예요.

그렇다고 해도 개인이 만 냥 정도로 나라를 뒤흔들고 일상을 엉망으로 만드는 상황은 쉽게 이해 가지 않지요. 겨우 만 냥인걸요. 이는 조선의 경제 실력이 그만큼 보잘것없음을 보여 줍니다.

▲ **갓 수리하는 사람** 20세기 초 독일 사람 헤르만 산더가 일본, 러시아 사할린, 만주, 조선을 여행하며 찍은 사진 가운데 하나.

● 왜 나라에 도둑이 들끓을까?

과일과 말총을 독점해 한바탕 나라를 들었다 놓았다 한 허생은 이번에는 도적 떼를 찾아갑니다.

그런데 도적이 참으로 어설프기 이를 데 없네요. 영화나 소설에 나오는 무장 강도나 조직 범죄단과는 너무나 다르지요. 동에 번쩍 서에 번쩍은커녕, 관아가 푼 병졸이 무서워 제 소굴에 도사리고 앉아 굶주리고 있어요. 뭐 이런 어설픈 도적 떼가 다 있지요? 이런 도적이 왜 생겨났는지 이해하려면 우리 역사에 대해 알아야 해요.

나라가 튼튼하고 백성의 삶이 평안하면 도적이 들끓을 리 없지요. 하지만 조선은 후기에 들어서 처음 나라를 세울 때의 활력을 잃고 여러 문제에 시달렸습니다.

먼저 정치와 행정의 기강이 무너졌습니다. 양인이면 누구나 볼 수 있던

▲ **도리깨질** 19세기 말 화가 김준근의 그림. 가을걷이한 곡물을 도리깨로 털고 있다. 양반 지주 아래에서 일하는 농민의 모습이 그려져 있다. (러시아 모스크바국립동양박물관 소장)

과거 제도는 소수 양반의 특권으로 전락했고, 인맥을 동원하거나 부정한 방법을 저질러 과거에 합격하는 경우가 점점 늘어났지요. 높은 벼슬, 중요한 관직은 몇몇 힘 있는 가문이 돌아가면서 차지했어요. 또한 뇌물로 관직을 사고파는 매관매직이 성행했지요. 벼슬을 산 이는 다시 권력을 쥔 집안이나 고위 관리에게 뇌물을 주어서 벼슬자리를 유지했습니다.

그럼 과거 합격과 관직 매매, 관직 유지에 드는 돈은 어디서 올까요? 이는 모두 죄 없는 백성들의 몫이었어요. 관리들은 법에 정해진 것 이상으로 세금을 걷고, 심지어 법률에 없는 세금을 만들기도 했어요. 중간에 세금을 가로채는 경우도 매우 흔했답니다.

나라의 기강이 문란해지면서 수많은 백성들이 고통받았어요. 여기에 가뭄, 수해, 전염병 같은 천재지변이라도 겹치면 농민은 더 이상 자기 땅에서 살아갈 수 없었어요. 견디다 못해 살던 곳을 떠나 여기저기 떠돌거나, 《허생전》의 도적 떼처럼 어설픈 도둑이 되기도 했지요.

《조선왕조실록》 중 《명종실록》에 남은 기록자의 탄식은 어쩔 수 없이 살기 위해 도적이 되는 양민에 대한 걱정을 구체적으로 담고 있습니다.

지금 홍수와 가뭄이 잇달아서 백성이 생업을 이을 길을 잃은 데다가 수령이 탐욕스럽고 요역(나라에서 성인 남성에게 시키던 노동)이 번거로우니 백성들이 도적이 되는 것은 당연하다. 세금을 깎아 주고 요역을 가볍게 하는 데는 힘쓰지 않고 붙잡아 죽여 없애는 것을 급히 여겼으니 백성을 그물질하는 데에 가깝지 않겠는가. •《명종실록》, 1557년 6월 8일

몇 해 뒤 기록자는 다시 도적 떼에 관해 언급하며, 도무지 바로 잡히지 않는 문제의 뿌리를 짚었지요.

나라에 바른 정치가 이루어지지 않고 교화가 밝지 않아 재상들의 횡포와 수령들의 잔인함이 백성들의 살과 뼈를 깎고 기름과 피를 말려 손발을 둘 곳이 없고 호소할 곳도 없다. 헐벗고 배고프므로 절박하여 하루도 살

기가 어려워 잠시라도 목숨을 이어 보겠다고 도적이 되었다면, 도적이 된 원인은 정치를 잘못하였기 때문이요, 그들의 죄가 아니다.

······중간 생략······

모이면 도적이고 흩어지면 백성이다.　•《명종실록》, 1561년 10월 6일

"모이면 도적이고 흩어지면 백성이다". 무엇보다도 이 말에 가슴이 아파 옵니다. 태어날 때부터 도적인 사람은 없을 거예요. 이들은 모두 살길이 마련되어 있다면 농사를 지으며 평범한 가정을 이룰 사람들이었지요. 이들을 구제하지 못한 나라에는 너무나 큰 책임이 있는 것입니다.

《허생전》 속 도적 떼의 모습에는 작가인 박지원이 파악한 당시의 모순이 드러나 있어요. 또한 지식인의 책임에 대한 그의 이상이 깃들어 있습니다.

한 걸음 더

《명종실록》과 같은 《조선왕조실록》은 어디에서 읽어 볼 수 있을까요? 국사편찬위원회에서 마련한 조선왕조실록 사이트(http://sillok.history.go.kr)에서 한글로 정리된 실록을 볼 수 있답니다. QR코드를 찍어서 사이트에 접속해 보세요!

● 공부만 한다고 세상이 바뀔까?

《허생전》의 작가 박지원은 조선이 처한 상황에 대해 어떻게 생각했을까요? 그는 조선이 여러 면에서 허약한 나라라고 여겼어요. 또 실력도 없는 지배층이 입으로만 예절을 외치고, 허례허식으로 체면을 차린다고 비판했습니다. 그의 생각은 《허생전》에도 드러나 있지요.

박지원은 이러한 문제를 해결하기 위한 학문을 공부하는데요, 그 학문이 바로 '실학'이에요. 그는 자신과 뜻을 같이하는 선배 실학자들의 주장을 잇고 더욱 발전시켰지요.

실학은 조선 후기인 17~18세기에 절정을 이루었던 새로운 학풍으로서, 사람들의 실생활에 이롭고 도움이 될 만한 궁리와 공부를 목표로 하지요.

실학은 '실사구시(實事求是)'와 '이용후생(利用厚生)'을 중요하게 여겨요. 여기서 '실사구시'란 사실에 토대를 두어 진리를 탐구함을 뜻해요. '이용후생'에서 '이용'이란 기구를 편리하게 쓴다는 말이고, '후생'이란 먹을 것과 입을 것을 넉넉하게 하여 백성들의 삶에 안정감을 부여한다는 말이지요.

박지원이 쓴 《열하일기》에는 '이용'의 예가 실려 있어요. 벽돌 하나도 이용의 예가 되지요. 책을 살펴보며 박지원의 생각을 한번 읽어 볼까요?

집을 지을 때에는 벽돌이 가장 요긴하다. ……중간 생략…… 집이 벽을 의지하여 위는 가볍고 아래는 튼튼하며, 기둥은 벽 속에 들어 있어서 비바람을 겪지 않는다. 그러니 불이 번질 염려도 없고 도둑이 뚫을 위험도 없다. 더구나 새·쥐·뱀·고양이에 대한 걱정도 없다. ……중간 생략…… 벽돌만 구워 놓으면 집은 벌써 완성된 것이나 다를 바 없다.   •《열하일기》 중에서

박지원은 청나라를 돌아보면서 그곳의 발전된 기술에 새삼 놀라게 됩니다. 그는 수레, 벽돌, 물레방아 같은 사소한 것이 세상을 바꿀 수 있음을 알아차렸지요.

그런가 하면 박지원을 비롯한 실학자들은 글 읽는 선비인 사대부가 바뀌어야 한다고 강조했어요. 사대부가 사회 지도층으로서의 본분을 회복하기를 간절히 바랐고, 그들이 도덕성을 회복하여 사회를 개혁하고 나라의 기강을 세우기를 원했지요. 또한 기술을 향상시키고 상공업을 발전시켜야 한다고 주장했지요. 박지원 역시 상업이 발달하여 경제력이 든든해지면 백성과 나라의 생활이 안정되고, 그럼 사회의 도덕성과 문화의 수준이 높아질 것이라고 생각했답니다.

한 걸 음 더 조선의 실학자들

유형원 1622~1673년

실학자의 대선배로 손꼽히는 반계 유형원은 저서 《반계수록》을 통해 우리나라와 동아시아의 여러 제도를 살펴보고, 균전제를 중심으로 한 토지 개혁안을 자세히 설명했지요. '균전제'는 모든 토지를 나라가 갖고, 신분에 따라 재분배하자는 주장이에요. 유형원은 소수의 권력자와 부자에게 토지가 집중되는 것을 막아야

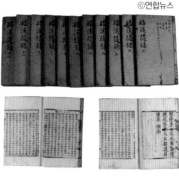

ⓒ연합뉴스

▲ 유형원의 저서 《반계수록》

한다고 말했지요. 그는 《반계수록》에서 이렇게 이야기했어요.

"토지는 국가의 근본이다. 근본이 무너지면 모든 제도가 혼란스러워진다."

홍대용 1731~1783년

강대국인 청나라의 과학 기술과 문물은 나날이 발전해 갔지만, 조선의 수많은 선비들은 경전을 읽고 유학을 공부하는 데만 몰두했어요. 그런데 홍대용은 일찌감치 청나라의 발전된 문물을 알아보고, 과학에 관심을 가졌답니다. 그는 1765년 북경을 여행하며 청나라의 발전을 두 눈으로 실감했어요. 이후 그의 호 '담헌'을 딴 문집 《담헌서》를 써서, 세상을 바라보는 그의 생각을 밝혔지요. 이 책은 18세기 이후 실학이 전개되는 방향을 가늠하는 데 요긴한 자료입니다.

이제 《담헌서》의 한 구절을 살펴봐요. 박지원은 홍대용과 친구 사이였는데요. 다음 부분은 허생의 이야기나 《양반전》을 떠올리며 읽을 만합니다.

"양반들은 굶주리거나 아무리 심한 곤란을 겪더라도 팔짱 끼고 편하게 앉아서 농사를 짓지 않는다. 어쩌다 양반 가운데 실업에 힘써서 천한 일을 달갑게 하는 사람이 나타나면 모두 나무라고 비웃으며 종놈처럼 무시한다. ……중간 생략…… 사농공상에 관계없이, 놀고먹는 자에 대해서는 세상이 용납할 수 없도록 해야 한다."

박제가 1750~1805년

 박제가 역시 박지원의 친구예요. 그는 18세기에 네 차례나 청나라를 다녀오며 앞선 문물을 접한 뒤, 조선의 기술을 개혁해야 함을 깨닫게 되었어요. 그는 청나라로부터 배울 것은 배우고, 조선의 잘못된 점은 고쳐야 한다고 거침없이 비판했답니다. 이러한 생각이 《북학의》에 잘 드러나 있는데요, 한번 살펴볼까요?

"우리나라는 나라가 작고 백성이 가난하다. 지금 밭을 가는 일을 하는 데에 부지런하고 현명한 인재를 등용하며, 상업을 유통시키고 공업에 혜택을 주어도 오히려 부족할까 근심이다."

"한 나라의 사람으로서 자기 나라가 부유하고 강하기를 바라지 않는 사람은 없다. 그런데 부유하고 강해지는 기술의 조건을 또 어찌하여 남에게 양보하는가?"

"우리가 항해와 무역 선진국의 기예를 배우고 그 풍속을 찾아 나라 사람들에게 견문을 넓혀 주고, 천하의 위대함과 우물 안 개구리의 부끄러움을 알게 한다면, 그것은 세상의 이치와 형편을 배우는 것이다. ……중간 생략…… 단지 중국의 배만 통상하고, 해외의 다른 모든 나라와 통상하지 않는 것은 역시 일시적인 술책이지 바른 의견은 아니다."

고전으로 토론하기

● 토론 주제 하나 **허생의 한계는 무엇일까?**

　한 나라의 상업을 손안에 쥐고, 도적 떼를 거둬 나라를 세운 허생은 마냥 대단해 보입니다. 하지만 작가 박지원은 글을 읽는 선비가 달라져야 한다고 생각했는데요, 허생 역시 선비입니다. 그렇다면 허생도 비판의 대상일까요? 아르볼 중학교에서 한바탕 토론이 벌어졌어요. 선생님과 친구들의 대화를 통해 허생을 되짚어 봐요.

선 생 님 《허생전》을 읽고 난 뒤 느낀 점을 각자 이야기해 볼까요?

동 조 허생은 영웅이에요! 모든 일을 척척 해결하는 모습이 정말 멋있어요.

유 나 허생이 똑똑한 건 인정해요. 그런데 전 허생이 조금 한심해 보이기도 했어요.

선 생 님 왜 그런 생각이 들었죠?

유 나 허생은 무책임해요. 과거를 볼 생각도 없으면서 7년 동안이나 책을 붙들고 있었잖아요. 그렇다고 논밭에 나가 일을 한 것도 아니고요. 그럼 가족들은 어떻게 먹고사나요? 책임감 있는 어른이라면 자기 손으로 생계를 꾸려야 하는 것 아닐까요?

동 조 듣고 보니 그렇네. 아내가 화를 내니까 허생은 "어쩌겠소"라고만 대꾸했지요. 허생은 왜 그랬을까요? 농사를 지을 수도 있었을 텐데.

유 나 허생은 양반이잖아. 농사일을 하면 체면이 깎인다고 생각했을 것 같아.

동 조 그 상황에서 체면을 따지다니. 쌤, 진짜 조선 시대 양반들은 다 그런 생각을 하고 살았나요?

선 생 님 그럼요. 농사를 천하게 여긴 양반이 대부분이었지요. 《허생전》에는 허례허식에 얽매인 무능한 양반을 향한 비판이 숨어 있어요.

유 나 허생의 아내가 얼마나 고생했겠어요. 저는 허생이 이기적이라고 생각해요.

선 생 님 유나의 말을 들으니 2016년 노벨 생리의학상을 받은 일본의 오스미 요시노리 교수 이야기가 떠오르네요. 노벨상 수상자 기자 회견에서 오스미 교수는 아내 마리코 씨에게 특별히 고마움을 전했어요. 둘은 학창 시절 같은 연구실에서 만나 결혼을 하게 되었는데요. 사실 마리코 씨도 촉망받는 학생이었다고 해요.

▲ 2016년 노벨 생리의학상을 받은 오스미 요시노리 교수

동 조 아아, 마리코 씨는 결혼한 뒤로 연구를 그만두게 되었군요.

선 생 님 그렇죠. 마리코 씨는 기자 회견에서 '내가 남편보다 연구를 잘할 수도 있었다'며 푸념하기도 했대요. 그녀는 연구 때문에 바쁜 남편과 10여 년 떨어져 지내면서 두 아들을 혼자 키웠고, 집안일을 하느라 연구자의 길을 포기할 수밖에 없었거든요.

유 나 마리코 씨에게는 어쩔 수 없이 학문을 포기했다는 아쉬움이 남았을 것 같아요.

선 생 님 《허생전》의 아내와 마리고 씨가 겹쳐 보이지 않나요? 역사적으로도 그렇고 문학 작품 속에서도 여성과 남성의 역할이 분명하게 정해져 있는 경우가 많아요. 남성은 큰 꿈을 가진 반면, 여성 배우자는 남성을 돋보이게 하는 존재 혹은 생활 속 고난의 상징 정도로만 등장하는 것이지요.

유 나 허생의 아내가 참 불쌍해요. 아내가 굶든 말든 모른 체하고, 하고 싶은 것 다하고 돌아다니는 남자라니! 게다가 큰돈을 번 뒤에도 집에는 돈 한 푼 들고 오지 않았잖아요.

동 조 어휴, 허생이 나라 걱정은 했어도 부인 걱정은 안 했네요.

선생님 여기서 제안 하나 할게요. 허생 아내의 입장에서 작품을 다시 써 보는 거예요. 잘난 남편을 둔 굶주린 가족의 시각으로 말이에요. 아내가 이혼하자고 하면 허생은 어떻게 대꾸할까요?

● 토론 주제 둘 **허생은 똑똑하고 이완은 무능할까?**

겉으로 보기에 나라의 문제를 해결할 방법을 조목조목 읊는 허생은 똑똑한 것 같고, 자꾸 안 된다고만 하는 이완은 분명한 한계를 가진 것 같습니다. 그렇다면 허생은 무조건 긍정적인 인물일까요? 또한 이완은 마냥 부정적인 인물일까요?

선생님 이번에는 이완과 허생의 대화를 짚어 볼까요?

동 조 둘의 대화를 보면, 제가 왜 허생이 영웅이라고 생각했는지 알 수 있어요. 허생은 이완에게 나라의 문제를 해결할 방법을 알려 주잖아요.

유 나 그런데 이완은 계속 어렵다고만 했지요.

선생님 이완과 허생의 대화를 보면서 어떤 생각이 들었나요?

유 나 정말 답답했어요. 자꾸 안 된다고만 하지 말고, 될 방법을 찾아야 하잖아요! 이완은 조선의 무능력한 지배 계층을 대표하는 것 같다니까요.

선생님 오~, 유나의 생각이 한층 깊어졌군요.

동 조 저도 유나의 말이 맞다고 생각하지만, 이완을 비난하고 싶지는 않아요. 이완에게도 말할 수 없는 사정이 있었겠지요.

선생님 어떤 사정이지요?

동 조 일개 신하일 뿐인 이완이 뭘 할 수 있었겠어요? 혼자서 허생의 제안을 실행하기에 벅찼을 거예요.

선생님 일리 있는 말이에요. 조선 후기의 모순은 어느 한 사람의 의지로 해결되기 어려웠어요. 문제가 한두 가지가 아닌 데다가, 당시 지배 계급은 결코 스스로 개혁할 의지가 없었지요.

유 나 제아무리 왕이라도 뿌리 깊은 조선의 문제를 해결하기는 힘들었겠네요!

선생님 그렇지요. 음, 정리하면 허생이 똑똑한 사람이고, 이완은 의지가 부족한 사람이라는 거군요.

유 나 그런데 선생님, 저는 허생이나 이완이나 무책임하기는 마찬가지라고 생각해요. 허생은 가장 가까운 가족을 돌보지 않을 정도로 무책임했고요. 이완은 높은 지위에 있으면서도 임금에게 바른말을 할 생각이 없었지요.

선 생 님 유나는 점잖은 체하는 지식인의 무능을 짚고 있네요.

유 나 네, 저는 지식인으로 대표되는 허생이나 조선의 지배 계급을 대표하는 이완이나 무기력하기는 마찬가지라고 생각해요.

선 생 님 유나의 말에도 일리가 있어요. 그런데 여러분과 다르게 이완을 긍정적으로 평가하는 시각도 있답니다. 그래도 이완은 인재를 구하기 위해서 이름도 모르는 사람의 오막살이까지 찾아갔잖아요. 지위 높은 양반이 그러기가 쉽지 않았을 텐데, 나름 파격적인 행보였지요. 생각해 봐요. 이완이 허생을 어떻게 대했지요?

유 나 예의 있었던 것 같아요. 허생을 업신여기지 않고 그의 말을 끝까지 귀담아들었어요.

선 생 님 맞아요. 적어도 이완은 지배 계급으로서의 책임감을 어느 정도 갖고 있었던 것 같아요. 개혁을 위해 과감히 나설 용기가 없었던 점이 아쉬울 따름이지요.

동 조 그렇게 생각할 수도 있네요.

유 나 와, 같은 인물을 두고도 이렇게 다양하게 생각할 수가 있다니, 정말 흥미로워요!

동 조 다른 고전 소설을 읽으면서도 등장인물을 이렇게 여러 측면에서 바라보면 재미있을 것 같아요!

● 토론 주제 셋 **허생과 홍길동, 무엇이 같고 무엇이 다른가?**

　이번에는 작품 바깥에서 허생을 닮은 인물을 찾아봐요. 허생만큼 재주 많고 능력 있는 영웅에는 누가 있을까요? 제일 먼저 《홍길동전》의 주인공, 동에 번쩍 서에 번쩍하는 홍길동이 떠오릅니다. 여러분은 허생과 홍길동 중 어떤 인물에 더 매력을 느끼나요?

선 생 님 허생과 홍길동은 모두 현실에 안주하지 않는 인물이에요. 그들은 한순간에 집을 뛰쳐나와 세상 밖으로 나갔지요. 그들의 발걸음이 닿는 곳마다 조선의 모순이 드러났어요.

동 조 저는 《홍길동전》과 《허생전》을 함께 읽고 나니 두 주인공이 닮았다는 생각이 들더라고요.

선 생 님 어떤 공통점이 있을까요?

동 조 허생은 무인도에 가서 나라를 세웠고요. 홍길동은 율도국을 정벌해 그곳을 새롭게 바꾸었어요.

유 나 맞아요. 둘 다 조선 조정이 손을 쓸 수 없는 먼 곳에서 이상적인 나라를 세웠지요.

선 생 님 그럼 차이점은 없을까요?

동 조 음……. 둘이 처한 상황이 달라요. 허생은 돈 없어서 배를 곯는 선비이고, 홍길동은 양반 아버지와 천민 어머니 사이에서 태어난 얼자고요.

유 나 애초에 둘이 놓인 상황이 다르니, 각각 집을 뛰쳐나온 이유도 달라요.

선 생 님 어떻게 다를까요?

유 나 허생은 굶주리다 못해서, 홍길동은 아버지를 아버지라 부르지 못하는 차별을 견디다 못해서 집을 떠났잖아요.

동 조 집을 떠난 허생은 물건을 사재기하며 꿈꾸던 바를 이뤘고요, 홍길동은 활빈당이라는 조직을 만들어 불의에 맞섰어요.

선 생 님 한눈에 봐도 문제를 해결하는 방식이 서로 다르네요. 그럼 질문 하나 할게요. 여러분은 홍길동과 허생, 두 영웅 중 누구에게 더 매력을 느끼나요?

유 나 저는 홍길동이 더 좋아요.

선 생 님 이유가 뭔가요?

유 나 윗사람들이 법과 힘으로 못살게 구는 시대에는 사람을 여러 명 모아서 들고일어나야 해요. 허생처럼 장사나 해서 어느 세월에 세상을 바꾸겠어요.

동 조 그렇게 치면 활빈당은 뭐 현실적인 대안이니? 언제 군사를 길러서 제대로 불의에 맞서겠어? 모아 봤자 산골 도적 수준이지. 차라리 머리를 써서 나라의 경제를 움켜쥐는 편이 나아.

선생님 하하, 동조와 유나의 생각 모두 일리 있어요.

유 나 선생님은 어떻게 생각하세요?

선생님 글쎄요. 전 홍길동과 허생에게 다 아쉬운 부분이 있어요. 이상적인 나라를 건설한 뒤에 조선으로 돌아와서 더 많은 동포를

구했더라면 어땠을까 하는 생각이 들었지요.

유나 와~, 다른 고전과 함께 엮어서 생각해 보는 것도 정말 재미있는 활동이네요!

동조 선생님, 다음엔 또 다른 작품을 함께 살펴봐요!

선생님 하하, 그럴까요?

고전과 함께 읽기

《허생전》과 관련해 함께 읽으면 좋은 고전 소설을 소개합니다. 다양한 작품
을 읽으며 고전을 넓고 깊게 이해해 보세요.

고 전 《양반전》 그런 양반은 나도 싫소!

박지원은 《허생전》 말고도 많은 글을 남겼는데, 지배 계급이나
교양 있는 체하는 사람들을 풍자한 이야기를 쓰기도 했지요. 그 가
운데 마침 양반을 풍자한 작품이 있습니다. 그 작품의 제목은 《양
반전》입니다.

옛날에 부자이지만 양반이 아니라 마을에서 존경은 못 받는 사
람이 살았답니다. 하루는 그 부자가 이런 말을 던져요.

"양반은 아무리 가난해도 늘 높고도 영광스러운 대접을 받는데, 우리는 아무리 남부럽잖은 부자라도 늘 비천하지 않은가. 말도 못 타고, 양반만 보면 굽신거려야 하고, 엉금엉금 뜰아래로 기어가 절을 올려야 하는데, 코를 땅에 대고 무릎으로 기어야 하지. 우리는 노상 이런 창피한 꼴이란 말이야."

생각할수록 화가 난 부자는 돈으로 양반 자리를 사기로 합니다. 신분을 팔려는 양반은 학식이 높고 정직하며 독서를 좋아하는 사람이었어요. 하지만 너무 가난하여 먹고살기가 힘들었으며 빚이 산더미처럼 쌓여 있었지요. 부자는 양반이 되고 싶어 하고, 양반은 당장 돈이 필요하니 거래가 이루어집니다. 부자는 곧 '매매 계약서'를 작성하게 되지요.

그런데 계약서의 내용이 참으로 흥미롭습니다.

"양반이 되면 나쁜 일은 절대로 하지 말아야 하고, 예부터 내려오는 좋은 뜻을 본받도록 노력해야 한다.

……중간 생략……

배가 고파도 참아야 하며 추운 것도 견뎌 내야 하며 입으로 가난하다는 말을 하지 말아야 한다. 머리에 쓰는 관은 반드시 소맷자락으로 쓸어서 바르게 쓴다. 손을 씻을 때 주먹을 쥐고 문지르지 말 것이며 양치질을 해서 입 냄새가 나지 않도록 해야 한다.

……중간 생략……

속이 상하는 일이 있어도 아내를 때리지 말아야 하며, 화가 난다고 해서 그릇을 집어 던져 깨지 말아야 하며, 주먹으로 아이들을 때리지 말고, 종을 꾸짖을 때도 '죽일 놈'이라는 상스러운 말을 하지 말아야 하며, 소나 말을 나무랄 때에도 그것을 판 주인을 욕하지 말아야 한다. 병이 나도 무당을 부르지 말며, 제사 때에도 중을 불러다 제를 올리지 말아야 한다. 춥다고 화로에 손을 쪼이지 말며, 말할 때에는 침이 튀지 않게 하며, 소를 잡아먹지 말아야 하고, 돈을 놓고 놀음을 하지 말아야 한다. 무릇 이와 같은

여러 가지 행실이 양반과 틀림이 있을 때에는 이 증서를 가지고 관가에 가서 재판을 할지어다."

저런, 양반의 체면을 지키기 위해 해야 할 일이 엄청나게 많네요. 그렇다면 양반의 특권 또한 있겠지요? 계약서에 적힌 양반의 특권은 이렇습니다.

"하늘이 사람을 낼 때 사람을 사농공상(士農工商)* 넷으로 구분했다. 이 가운데 가장 높은 것이 사(士)이니 이것이 곧 양반이다.

양반의 이익은 막대하다. 농사도 안 짓고 장사도 않고 글만 조금 읽어서 잘되면 문과 급제자가 되고 적어도 진사쯤은 될 수 있다. 문과의 합격 증인 홍패는 길이 두 자 남짓한 것이지만 별별 사물이 다 들어 있다. 말하자면 돈 자루 같은 것이다. 진사가 나이 서른에 처음 관직에 나가더라도 실권 없는 명예로운 벼슬쯤은 할 수가 있고, 여유 있게 늙어 가며 제 방에 기생을 두고, 뜰에는 학을 기르기도 한다.

시골의 보잘것없는 양반이라도 거칠 것 없다. 이웃의 소를 끌어다 자기 땅을 먼저 갈게 하고 마을의 일꾼을 잡아다 자기 논의 김을 맨다고 한들 누가 감히 양반에게 항의할까. 양반이 낮은 신분인 사람의 코에 잿물을 들이붓고 머리끄덩이를 회회 돌리고 수염을 낚아채더라도 누구 하나 감히 양반을 원망하지 못할 것이다."

* **사농공상** 예전에, 백성을 나누던 네 가지 계급. 선비, 농부, 수공업자, 상인을 이르던 말이다.

이런 특권을 확인한 부자는 어떻게 했을까요? 부자는 어이없어 하며 관청에 냅다 "내게 도둑놈이 되란 말이오?" 하고 소리치며 달아납니다.

박지원은 한때 명예로웠지만 어느새 타락의 길에 접어든 양반의 모습을 이렇게 그려 냈습니다. 그의 눈에 타락한 양반이란 곧 도둑놈일 뿐이었던 것입니다.

나라와 관청이 양반에게 체면을 지키라며 권하는 것들이 어때 보이나요? 죄다 비현실적이고, 누가 보아도 체면 지키기를 벗어난 위선과 가식일 뿐입니다.

한편 작품을 통해 참된 지식인의 길, 진짜 공부, 제대로 된 양반의 위신을 고민했던 박지원의 마음속을 헤아려 볼 만도 합니다. 지켜야 할 덕목은 많으나 먹고살 바탕이 없을 때, 체면과 위신은 굴레가 될 수도 있습니다. 이 점을 깨달은 '양반 출신' 박지원의 마음속 깊은 데서 《양반전》이라는 풍자 소설이 태어난 게 아닐까요?

고전 〈호질〉 냄새나는 인간 같으니!

《허생전》과 함께 읽을 만한 또다른 우화가 《열하일기》의 한 편인 《관내정사》에 실려 있습니다. 바로 〈호질〉입니다. '호질'이란

'범의 꾸짖음'이라는 뜻입니다.

줄거리는 간단합니다. 옛날에 인격과 학문이 모두 드높기로 소문난 북곽 선생이란 학자가 살았습니다. 그런데 바깥에 알려진 것과 달리, 북곽 선생에게는 동리자라는 애인이 있었지요. 동리자는 정숙하기로 소문난 열녀 과부로, 그 정절을 인정받아 나라로부터 표창까지 받았지요. 그러나 실은 다섯 아들이 각각 성이 다른 각성바지인 데다가, 지금은 북곽 선생을 애인으로 두고 있었지요.

그러던 어느 날 북곽 선생은 애인 동리자를 찾아가는 길에 똥구덩이에 빠지고 맙니다. 북곽 선생은 죽기 살기로 똥구덩이를 빠져나오는데요, 이를 어쩌지요! 그 앞에 범이 도사리고 앉아 있었던 것입니다.

범은 구린내 나는 북곽 선생에게 "내 앞에 가까이 오지 말라!" 하고는 도덕 높다는 사람들의 위선, 위선자를 알아보지 못하는 임금과 벼슬아치, 세상의 소문을 믿고 마는 세태, 사람이 자연과 동물과 사람에 저지르는 악행, 점잖다는 사람들의 비열함 등을 낱낱이 까발립니다.

범은 마지막에 이렇게 꾸짖습니다.

"어질지 못하기 짝이 없는 너희들의 먹이 얻는 방식이여! 덫이나 함정을 놓는 것만으로도 모자라, 새그물·네발짐승 그물·큰 그물·고기 그물·수

레 그물·삼태그물 따위의 온갖 그물을 만들어 냈으니, 처음 그런 것을 만들어 낸 놈이야말로 세상에 가장 많은 재앙을 끼친 놈이다. 거기에 또 갖가지 창, 칼뿐만 아니라 화포(火砲)란 것도 만들어 냈다. 화포가 한번 터지면 소리는 산을 무너뜨리고 천지에 불꽃을 쏟아 벼락 치는 것보다 무섭다. 그러고도 잔인한 짓이 부족하여, 부드러운

털을 쪽 빨아서 아교에 붙여 붓이라는 뾰족한 물건을 만들어 냈다. 그 모양은 대추의 씨 같고 길이는 한 치도 못 되는데 이것을 오징어 먹물에 적셔 종횡으로 치고 찔러 댄단 말이지. 그러면 구불텅한 것은 세모창 같고, 예리한 것은 칼날 같고, 두 갈래 길이 진 것은 가시 창 같고, 곧은 것은 화살 같고, 팽팽한 것은 활 같은 글자라는 게 쓰이지. 이 문자라는 무기를 한번 휘두르면 온갖 귀신이 밤에 곡을 하게 되고, 서로 잔혹하게 잡아먹기도 한다. 너희 사람보다 잔인한 짓이 심한 존재가 어디 있느냐?"

여기서 호랑이는 창, 칼만큼이나 붓끝에서 나오는 글씨가 무서운 힘을 발휘한다고 이야기하고 있어요. 붓을 다루는 사람들, 그러니까 지식인의 책임이 막중한 것은 두말할 필요도 없지요.

작가인 박지원은 호랑이의 입을 빌려 하고 싶은 말이 정말 많았던 모양입니다. 호랑이는 조선과 중국의 비겁한 지식인을 비판하고, 나아가서는 인간이 만든 문명에 대해 성찰하고 있어요. 이처럼 〈호질〉은 글쓴이의 넓디넓은 상상력과 글솜씨가 돋보이는 소설이랍니다.

이쯤에서 다시 《허생전》이 떠오릅니다. 《허생전》은 당대 사회의 모순을 풍자하고, 지배층의 무능력과 허위를 비판하고, 글 읽고 벼슬하는 계급의 각성을 촉구하고 있어요. 《허생전》과 《양반전》, 〈호질〉이 짚고 있는 주제는 일맥상통하는 면이 있지요.

이대로 끝내기는 뭔가 아쉽다고요? 그렇다면 《양반전》과 〈호질〉을 비롯한 박지원의 글을 찾아서 읽어 보는 건 어때요? 작가가 글에 당대의 모순을 어떻게 담아냈고, 무엇을 비판했는지 직접 느껴 보세요. 더 나아가 《허생전》을 바탕으로 한 현대 소설인 〈허생전을 배우는 시간〉(최시한), 〈허생의 처〉(이남희) 등을 읽어 보아도 흥미로울 거예요.

물음표로 따라가는 인문고전 04

(허생전) 공부만 한다고 돈이 나올까?

ⓒ 고영 정은희, 2017

1판 1쇄 발행 2017년 6월 15일 | **1판 6쇄 발행** 2023년 5월 10일

글 고영 | **그림** 정은희
펴낸이 권준구 | **펴낸곳** (주)지학사
본부장 황홍규 | **편집장** 김지영 | **편집** 박보영 이지연 | **디자인** 최지윤
마케팅 송성만 손정빈 윤술옥 박주현 | **제작** 김현정 이진형 강석준 오지형
등록 2010년 1월 29일(제313-2010-24호) | **주소** 서울시 마포구 신촌로6길 5
전화 02.330.5263 | **팩스** 02.3141.4488 | **이메일** arbolbooks@jihak.co.kr
ISBN 979-11-85786-98-8 44810
ISBN 979-11-85786-85-8 44810 (세트)

제조국 대한민국　**사용연령** 10세 이상
KC마크는 이 제품이 공통안전기준에 적합하였음을 의미합니다.

지학사아르볼　아르볼은 '나무'를 뜻하는 스페인어. 어린이들의 마음에
담긴 씨앗을 알찬 열매로 맺게 하는 나무가 되겠습니다.

홈페이지 www.jihak.co.kr/arb/book | **포스트** post.naver.com/arbolbooks